私の婚約者は、根暗で陰気だと言われる闇魔術師です。好き。

瀬尾優梨

23401

角川ビーンズ文庫

CONTENTS

リューディア・シルヴェン
伯爵令嬢。
レジェス・ケトラ
セルミア王国魔術師団所属の闇魔術師。
Characters

私の婚約者は、根暗で陰気だと言われる闇魔術師です。好き。

アスラク・シルヴェン

リューディアの弟。伯爵令息。

ビルギッタ

セルミア王国第二王女。

本文イラスト／花宮かなめ

序章　ひとりぼっちの青年

彼はずっと、ひとりぼっちだった。

忌《い》み嫌《きら》われる能力を持って生まれたため家族からは疎《うと》まれ、かと思ったら都合のいいときだけ頼《たよ》ってこられて。

家族から逃《に》げるように家を出た後は、暗くて汚《きたな》い場所を歩いてきた。なんとか彼を雇《やと》ってくれる者がいたため、食いつなぐことができた。だが、そこでも彼は冷遇《れいぐう》されてきた。

自分の生きる意味は、何なのだろう。

こんなまがまがしい力しか持たない自分なんて、生きる価値がないのではないか。

いっそ、死んでしまった方が楽なのではないか。

そんなことを考えていた彼に、光が差し込んできた。

『あなたは変な人ね』

そう言って笑うのは、光の化身《けしん》のような少女。醜《みにく》くて汚い自分では触《ふ》れることはおろか、近づくことさえ恐《おそ》れ多いと思えるような彼女はしかし、彼の手をしっかりと握《にぎ》って笑ってくれた。

『あなたは変な人だけど、いい人だと思うわ。自分にできることをしようと頑張《がんば》る人は、とっても素敵《すてき》だもの！』

彼女は、知らないだろう。

その言葉で、どれほど彼が救われたのか。その言葉が、裏のない笑顔《えがお》が、優《やさ》しい手のひらに触れてもらうことが……どれほど嬉《うれ》しかったかなんて。

否《いな》、知らなくていい。知る必要もない。自分はこれからも、闇《やみ》の中を歩いて行くのだから。

……だが、それでも。

心の中に光を灯《とも》してくれた少女の笑顔はいつまでも、彼の胸の奥で輝《かがや》いていた。

1章　シルヴェン伯爵家の一騒動

その日、セルミア王国の伯爵令嬢《はくしゃくれいじょう》・リューディアの人生が大きく動いた。

「……お父様が、王女殿下《でんか》に暴行を!?」

「嘘《うそ》だ！　父上がそんなことをなさるはずがない！」

王城からやって来た早馬によってもたらされた凶報《きょうほう》に、リューディアと弟のアスラクは声を上げた。

二人の父親であるシルヴェン伯爵は、現国王が王太子だった頃《ころ》からその身を支えてきた家臣だ。王城内での身分こそそれほど高くはないが顔が利《き》き、多くの貴族や騎士《きし》、使用人たちから慕《した》われている人格者であり、リューディアたちもそんな父のことを誇《ほこ》らしく思っていた。

だがそんな父が昨日王城で開催《かいさい》されたパーティーで御年《おんとし》十六歳の第二王女・ビルギッタに暴行して、王女は負傷した。しかもその場には現在遊学に来ていた隣国《りんごく》王女もおり、伯爵が起こした暴力事件はあっという間に王城に広まってしまった。

父はすぐに捕《と》らえられ、いずれ裁判を受けることになるという。そして家族であるリューディアやアスラクたちにも、しばらくの間の自宅謹慎《きんしん》命令が下った。

知らせを受けたアスラクは整った顔を怒《いか》りで真っ赤にしており、使者に摑《つか》みかからんばかりの勢いだった。リューディアがそんな弟を落ち着かせてひとまず使者を帰らせた後に、姉弟《きょうだい》はリビングのソファに座り悩《なや》ましい顔になった。

「お父様が暴行だなんて、信じられない……いえ、あり得ないわ」

「姉上、抗議《こうぎ》に行こう！　父上が王女殿下に暴行する理由なんてないし、父上はそんなことをする人じゃない！　何かの間違《まちが》いに決まっている！」

「気持ちは分かるけれど……それは悪手よ」

はやる弟をなだめるリューディアも、動揺《どうよう》を隠《かく》せない。彼女だって、今すぐ城に乗り込んでやりたいくらいだ。

「これは、国王陛下からの勅命《ちょくめい》でもあるわ。ということは、私たちが怒りに身を任せて城に乗り込んだとしたら最悪、国王の判断に異を唱えたとして私たちにまで罰《ばつ》が下るかもしれない」

「っ……陛下も陛下だ！　どうして、何十年も王家を支えてきた父上をこうもあっさり投《とう》獄《ごく》できるんだ！」

「おやめなさい」

ぴしっと弟を叱《しか》りつつも、リューディアはその背中を優しく撫《な》でた。

まだ十五歳のアスラクは体こそリューディアよりずっと大きいが、その背中は小さく震《ふる》えている。今、シルヴェン伯爵家の男子はアスラクしかいない。父が投獄されたという不安だけでなく、長男としてしっかりしなければならないというプレッシャーも大きく感じているのだろう。

「……お母様には、このことは？」

リューディアが問うと、壁際《かべぎわ》に立っていた執事《しつじ》は苦い顔でうつむいた。

「……先に、お伝えしております。皆《みな》の前では気丈《きじょう》に振《ふ》る舞《ま》ってらっしゃいましたが……ご無理をなさらないようにと、お部屋で休んでいただいております」

「ありがとう。……一番お辛《つら》いのは、お母様よね」

リューディアが言うと、アスラクもはっとしたようだ。

父は有能な伯爵だが、城内でも有名な愛妻家でもある。いくつになっても仲睦《なかむつ》まじい両親はリューディアたちにとって自慢《じまん》の親で――だからこそ、愛する夫が投獄されたと聞いて母が打ちひしがれるのも仕方のないことだ。

(ここは、私が踏《ふ》ん張らないと)

リューディアは現在十八歳で、結婚《けっこん》相手を探している最中だ。またアスラクは、来年十六歳になったら王城の騎士団に入ることになっている。

だが、父が投獄されたとなるとリューディアの社交もアスラクの騎士団入りも、難しくなるだろう。

（……いいえ、だからといってここでおとなしく泣き暮らすわけにはいかないわ）

「アスラク、落ち着いて確実に動きましょう。……お父様が既《すで》に罪人扱《あつか》いされているのだから、お父様の無実を声高《こわだか》に主張したって聞き入れてもらえないわ。むしろ、私たちまで王女殿下に反駁《はんばく》するのかと責められるだけだわ」

「それじゃあ、どうすればいいんだ。裁判の日まで指をくわえて待っているだけなんて、僕は嫌《いや》だ！」

「指をくわえて待っていろ、とは言っていないでしょう。……もしかすると、事件の目撃《もくげき》者《しゃ》がいるかもしれない。だからまずはお父様の無実の証拠《しょうこ》集めと、それから支援者《しえんしゃ》探しをしましょう」

リューディアが言うと、それまでは興奮気味だったアスラクも幾分《いくぶん》落ち着いた様子になり、考え込むように眉《まゆ》を寄せた。

「支援者……。確かにそういう人がいれば心強いし裁判になっても口添《くちぞ》えしてくれるだろうけれど、僕たちを支えてくれる人なんているのか？　だって、僕たちに付くということは王家に逆らうことになって……」

「……ええ。でも、お父様の無実を信じているのでしょう？」

「当たり前だ！」

「きっと同じように思ってくれる人はいるはずよ。……アスラク、謹慎期間が終わったら私はこれまでと変わらず王城を訪問して、情報収集を行うわ」

「そんな……それじゃあ、僕もっ」

「あなたはまだ十五歳の未成年だから、城内を歩き回る許可が下りていないわ。だからあなたは、お母様を支えて屋敷《やしき》のことを取り仕切りなさい。そして、これまで懇意《こんい》にしてくださっていた皆様にお手紙を書くのよ」

つまり、リューディアとアスラクで役割を分担するのだ。これまでは父や母の指示で動くことはあっても、姉弟だけで何かを決めることはほとんどなかったのだが……父が不在で母が臥《ふ》せっている今、二人が頑張《がんば》らなければならない。

姉の言葉を聞き、アスラクの瞳《ひとみ》に光が宿る。活発な彼は自分にも仕事が与《あた》えられたのが嬉しいようで、緊張《きんちょう》しつつもうなずいた。

「……裁判は、半年後だよね？」

「ええ、それまでに小さめの審問《しんもん》とかがあるけれど、判決が下るのは半年後。……それまで、私たちは耐《た》えなければならないわ」

「分かった。……でも、姉上の方が絶対に大変なんだから、無理はしないでよ」

「ふふ、分かっているわよ」

弟には言いつつも……いざとなったらリューディアは、長子である自分が全《すべ》ての責任を負うつもりでいる。使用人や私兵たちにも協力を頼《たの》むにしても、姉弟だけでできることは少ないし、伯爵家に見切りを付ける貴族もいるだろう。それに、たとえ裁判に勝てたとしても一度被《こうむ》った汚名《おめい》を完全にそそぐことは難しいということも分かっている。

(それでも。たとえ、味方がいなくても……音を上げたりしない)

それが、伯爵令嬢としてのリューディアの矜持《きょうじ》だった。


リューディアとアスラクはそれぞれ、裁判の日に向けて準備を進めた。

間違っても、国王や王女の判断に表立って異を唱えたりしてはならない。だから言葉を選びつつ、相手を選びつつにはなったが、「私たちは父の無罪を信じている」「これからも伯爵家と懇意にしてほしい」ということを貴族たちに伝えて回り、「何かご存じのことがあれば、教えてほしい」と事件当時の情報を集める。

覚悟《かくご》はしていたが、「王女に暴行した伯爵とは、懇意にできない」とあっさり手を切った者も多い。中には伯爵の娘《むすめ》であるリューディアのことを口汚《くちぎたな》く罵《ののし》る者もいたし、勇気を出して社交の場に出てもわざとひとりぼっちにされ、嘲笑《ちょうしょう》や侮蔑《ぶべつ》の視線の中で協力者集めをしなければならないこともあった。

（……だからといって、尻尾《しっぽ》を巻いて逃《に》げたりはしないわ）

父の潔白を信じているのだから、堂々としていなければならない。泣きたくなっても笑《え》顔《がお》の仮面で素《す》顔《がお》を隠し、自室に帰ってからひっそりと泣く。だが母や弟の前に出るときには、しっかり者の娘、頼《たよ》れる姉として振る舞う。

幸い、逆境の中でもシルヴェン伯爵《はくしゃく》家に手を差し伸《の》べてくれる者はいた。「普《ふ》段《だん》から嘘《うそ》ばかりつく王女より、人格者の伯爵の主張を信じる」とこっそり手紙を送ってくれた者もいるし、事件現場近くにいた者から、「伯爵が王女を突《つ》き飛ばす直前、王女が変な動きをしていた」という情報を得られたりもした。

多少の目撃情報は得られて支援者も見つかったが、裁判で王族の決断を翻《ひるがえ》せる確率はまだ低い。それでも、父を救うためなら低い確率でも賭《か》けるしかない――そう思っていた。

裁判を約一ヶ月後に控《ひか》えた、ある日。

「リュディ、アスラク。すぐにお城に行くわよ」

ここ半年ほどですっかり痩《や》せてしまった母は、姉弟《きょうだい》を居間に呼ぶなりそう言った。

王城からの使いが来ていることは、リューディアも自室の窓から見ていたので知っている。父についての沙汰《さた》だろうか……ときりきり痛む胃を抱《かか》えていたリューディアだが、姉弟《きょうだい》を迎《むか》えた母はどこか興奮気味だった。

「何か……あったのですか？」

「ええ。……詳《くわ》しいことは分からないけれど、お父様の無実が証明されたそうなの！」

「え……えぇっ!?」

思ってもいなかった言葉に、リューディアとアスラクは顔を見合わせた。

母は、可及的速《かきゅうてきすみ》やかに身仕度《みじたく》をするよう言った。そう言う彼女も侍女《じじょ》から「顔色が悪いです！」と言われたようで、急ぎ外出用の着替《きが》えとメイクを始めていた。

この半年間は伯爵家の財産が仮没収《ぼっしゅう》されていたため、使用人の数を減らして家財やドレスなどを売り、領民の報酬《ほうしゅう》に充《あ》てていた。そのためリューディアの部屋のクローゼットはがらんとしているし、宝飾品《ほうしょく》もかなり減ってしまった。

それでも、半年ぶりに主人を着飾《きかざ》れると知ってリューディア付きのメイドは嬉《うれ》しくてたまらないようだ。彼女は張り切った様子で「ここが私の腕《うで》の見せ所です！」と言って、わずかなドレスとアクセサリーでリューディアを飾り、限られた化粧品《けしょう》を駆使《くし》してメイクを施《ほどこ》してくれた。

リューディアの髪《かみ》は、しっとりと濃《こ》い金色だ。暗い場所では茶色っぽく、明るい場所では白色っぽく見える髪はほとんど癖《くせ》がなくて、メイドの手の中でさらりとくしけずられる。メイドはそれに丁寧《ていねい》に香油《こうゆ》を塗《ぬ》って、しとやかなシニヨンに結《ゆ》い上げてくれた。

杏色《あんずいろ》の目はあまり大きくなくて、どちらかというと「強そう」なまなざしに見られがちだった。着せられたドレスは髪や目によく似合う濃いオレンジ色で、先日十九歳になったリューディアにとっては派手すぎずかわいすぎない色合いだった。

資金調達のためにいくつものドレスを売ってしまったけれど、母の勧《すす》めで「急の呼び出しにでも応じられるように」ということで、落ち着いた色合いとデザインのものを残しておいてよかったと思う。

仕度《したく》を終えたリューディアは玄関《げんかん》で母と弟と合流し、馬車に乗った。罪人一家であるため今朝までは伯爵家の旗を下ろして家紋《かもん》にも覆《おお》いがかけられていた馬車は、本来あるべき姿をしている。

「それにしても……いきなりお父様の無実が証明されたなんて、信じがたいです」

リューディアが言うと、向かいに座っていた母も神妙《しんみょう》な顔でうなずいた。メイドが渾身《こんしん》のメイクをしてくれたからか、いつも目の下にあったくまはなんとか隠《かく》されていた。

「手紙には、最低限のことしか書かれていなくて。……でもどうやら、お父様の身の潔白を証明するのに力を貸してくださった方がいるようなの」

「えっ!?　どんな方ですか!?」

アスラクが身を乗り出すが、母はゆっくりと首を横に振《ふ》った。

「それは、分からないわ。でもお城に行けばきっと、その方にもお会いできるわ」

母の言葉を聞いてアスラクはひとまず安心したようだが、リューディアは眉根《まゆね》を寄せた。

(これまで、私たちが半年かけてやっと事件について断片的《だんぺんてき》に見えてきたところなのに……こんなに急に事件が解決することってあるのかしら)

そもそも、母の言う「力を貸してくださった方」の意図も分からない。

今回父が殴《なぐ》り飛ばした——と言われている王女ビルギッタは現国王の第二王女だが、しとやかでおとなしかった第一王女とは似ても似つかない手のかかるお姫様《ひめさま》だった。

ビルギッタは亡《な》き王妃《おうひ》似らしく、国王も彼女の兄である王太子も随分《ずいぶん》甘やかしてしまった。そんな彼女は、姉である第一王女が遠く離《はな》れた友好国の王太子妃として嫁《とつ》いだ二年前から、我《われ》こそは社交界の花であるぞといわんばかりの態度で振る舞《ま》っており、やや敬遠されていた。

だが横柄《おうへい》だろうと傲慢《ごうまん》だろうと、腐《くさ》っても王女。たとえ父が無実だとしても、わざわざそんなお姫様の逆鱗《げきりん》に触《ふ》れるようなことまでしてでも父を擁護《ようご》する猛者《もさ》はそうそういない。いなくても仕方ないし、「事件直前に王女が変な動きをしていた」というぼんやりとした証言を得られただけでも十分だった。

それなのに、降って湧《わ》いたかのような父の無罪報告と、告げられた協力者の存在。

(その方は……どんな方なのかしら。そして、なぜこんなことをしてくださったのかしら……)

リューディアは膝《ひざ》の上で拳《こぶし》を固め、近くなりつつある王城の尖塔《せんとう》をじっと見つめていた。

リューディアたちは、国王の執務室《しつむ》まで案内された。

母やアスラクは城の者たちの視線に怯《おび》えているようで、リューディアは二人を守れるように自ら先頭に立って歩いていた――のだが、すれ違《ちが》う者たちがこちらに向けるまなざしから敵意は感じられなかった。

(むしろ、同情やいたわりのような気持ちを感じるわね……)

使用人たちは頭を下げてきたし、貴族たちも会釈《えしゃく》をしてきた。中にはシルヴェン伯爵家との絶縁《ぜつえん》を宣言してきた貴族もおり、リューディアがじっと見ると気まずそうに視線を逸《そ》らされた。

(本当に、お父様の潔白が証明された……？)

半信半疑ながら向かった執務室だったが、そこで父と再会できたことでさしものリューディアもふっと体の力を抜《ぬ》いてしまった。

「あなた！」

「すまなかった、皆《みな》。……心配をかけた」

すぐさま駆《か》け出した母を、父はしっかりと抱《だ》き留めた。さすがに罪人といえど貴人用の部屋に入れられていたようで、父は思ったよりも元気そうでリューディアはほっと息をついた。

隣《となり》を見るとアスラクが目尻《めじり》を赤くしてうずうずしていたのでその背中を押して両親のもとに行かせ、リューディアは少し離れたオーク材のデスクの前に座る国王のもとに行き、お辞儀《じぎ》をした。

「お呼びに応じて参りました。シルヴェン伯爵が長女、リューディア・シルヴェンでございます」

「よく来てくれた。そして……此度《こたび》の件で、シルヴェン伯爵には大変申し訳ないことをしたことを詫《わ》びよう」

父よりも二つほど年上だったと思われる国王は渋《しぶ》い顔で言うと、面《おもて》を伏《ふ》せた。

「……ビルギッタの件は、完全に娘《むすめ》の落ち度だった。それについて、謝罪と説明をさせてもらいたい」

「……かしこまりました」

そこでリューディアたちはソファに案内され、事の顛末《てんまつ》を聞かされることになった。

――半年前のあの日、王城では当時セルミア王国に遊学中だった隣国《りんごく》マルテの王女も参加するパーティーが開かれていた。その参加者は王族とその血を継《つ》ぐ公爵《こうしやく》家などのみで、父はパーティーの監督《かんとく》係として出向いていた。

その場で、隣国王女とセルミア王国のある公爵家令息の婚約《こんやく》が発表された。二人は王女が遊学に来た日に知り合い、恋《こい》に落ちたという。身分としても立場としても申し分なく、両国国王の間で話が取り付けられたため公表に至ったという。このことについては、直後の父の投獄《とうごく》という大事件でほとんど頭の中からすっぽ抜けていたが、「そういうこともあった」ということで、一応リューディアたちの耳にも入っている。

……だが、それを聞いたビルギッタ王女が憤慨《ふんがい》した。どうやらその公爵家令息は彼女の片想《かたおも》いの君だったらしく、想いを寄せていた男性が横から来た女にかっさらわれた、とビルギッタは判断したようだ。

ビルギッタは会場から廊下《ろうか》に出た隣国王女の後を追った。その怒《いか》りに満ちた横顔を見て嫌《いや》な予感がしたという父はビルギッタの後を追い――彼女が隣国王女を階段から突《つ》き落とそうとしていた瞬間《しゅんかん》、飛び出してビルギッタを突き飛ばしたのだった。

国王の説明に、リューディアとアスラクは息を呑《の》んだ。

（……もしかしてその、突き落とそうとしたというのが……変な動きをしていた、というのにつながるのかもしれないわ）

そういうことだったのか、と納得《なっとく》するリューディアの隣で、アスラクが身じろぎをした。

「現場には、多くの使用人や兵士たちが居合わせたでしょう。でも、そのような証言は今日まで聞いたことがありません」

「ああ。……ビルギッタが、その場にいた者を脅《おど》したのだ。自分がマルテ王国の王女を害そうとしたのではなくて、シルヴェン伯爵が一方的に殴ってきたのだと証言しろ、とな」

国王は、かぶりを振った。

「……マルテの姫君も、悲鳴を聞いて振り返った先に呆然《ぼうぜん》とする伯爵と倒《たお》れ伏すビルギッタがいるのを見て、伯爵が暴行したと判断なさってしまったようだ。そういうこともあり、ビルギッタの言い分が通った。私も……他《ほか》の者の証言やマルテの姫君の言葉もあり、ビルギッタの言葉を信じてしまった」

「……では、陛下。多くの『証言者』がいる中で、なぜ父の無実が証明されたのですか？

協力者の存在があったとは伺《うかが》っておりますが……」

リューディアが問うと、国王は顔を上げた。

「……伯爵を投獄して、一ヶ月ほど経《た》った頃《ころ》のことだったか。王国東部における魔物討伐《まものとうばつ》作戦が発足《ほっそく》したことは、そなたらも知っているだろうか」

「え？　……ええ、存じております」

急に話題転換《てんかん》されて少し面食《めんく》らったが、リューディアはうなずいた。

魔物と人間との戦いは、昔から続いている。普通《ふつう》の動物とは比べものにならない身体能力を持つ魔物に有効な攻撃《こうげき》手段は、魔術だ。剣《けん》や槍《やり》、弓矢などでも仕留めることができるが、強力な個体相手だと魔術で戦うに尽《つ》きる。

魔術師は、先天的な魔術の能力を持つ者のみなることができる。たいていの国には魔術師養成機関や魔術師団などが存在しており、このセルミア王国にも王国魔術師団があった。

魔術師になれるかどうかは遺伝の要素に依《よ》るところが大きく、人口で言うと魔力を持って生まれる人間は、五パーセントほど。リューディアたちシルヴェン伯爵家の者は誰《だれ》も、魔術を使えない。

（東部での討伐作戦でも、魔術師団の精鋭《せいえい》たちが派遣《はけん》されていったそうね）

魔術師たちが東部へ魔物討伐に行った、見事倒してきた、ということくらいは、当時謹《きん》慎《しん》期間中だったリューディアも知っていた。

「その討伐作戦に、ある平民階級出身の闇《やみ》魔術師が参加した。実を言うと、そのとき出没《しゅつぼつ》した魔物はほぼ全《すべ》て、その魔術師一人によって倒された」

そう言う国王の表情は、少しだけ複雑そうだ。

人は母親の腹に宿った際、属性の祝福を受ける。炎《ほのお》、風、雷《かみなり》など全十種類の属性のいずれか一つがその人の守護属性となり……もしその者に魔術師の素質があったなら、守護属性の魔術を使えるようになる。

つまり、リューディアのように魔術師でない者も何らかの守護属性を持っているのだ。たいていは判明しないままだが、たまに魔術師との間に生まれた子が持っていた属性から、非魔術師の親の守護属性が分かることもあった。

そして——十属性の中で、闇属性は異端扱《いたんあつか》いされていた。

八つの属性に勝《まさ》り、残り一つの光属性と相反する立ち位置にある闇属性は、魔術師の中でもかなり珍《めずら》しい守護属性だ。だが——魔物の多くも闇属性を持っていることや、闇魔術がおしなべて不気味であることもあり、どうにも闇魔術師の立ち位置はよくない。

セルミア王国の魔術師団では様々な属性の魔術師をまんべんなく受け入れているが、闇属性の魔術師が大活躍《だいかつやく》をするというのは……国王としては複雑なことなのかもしれない。

「闇属性とはいえあまたの魔物を葬《ほうむ》ったその魔術師に、褒美《ほうび》を与《あた》えぬわけにはいかない。そこで、褒美を問うたところ——その男は、シルヴェン伯爵の無罪を公表することを褒美の代わりにするよう申し出たのだ」

「……え？」

（……な、なにそれ？）

まさかここで話がつながるとは思わず、リューディアだけでなく静かに話を聞いていたアスラクたちも呆然としたのが分かった。おそらく父も、ここまでのことは知らされていなかったのだろう。

「僭越《せんえつ》ながら申し上げます、陛下。……なぜ、その闇魔術師が私の無罪を知っていたのですか？」

父が尋《たず》ねると、国王はうなずいた。

「彼は、非常に優《すぐ》れた闇魔術の使い手だ。どうやら彼はそなたを投獄してからの一ヶ月で、己《おのれ》の魔術を駆使《くし》して情報を集めていたそうだ。そして当初は不参加予定だった魔物討伐作戦に名乗りを上げて――そなたの無実とビルギッタの罪を明らかにし、伯爵家の汚名《おめい》を返上することを褒美として申し出たのだ」

リューディアたちは、絶句した。

魔物を大量に倒した褒美となれば、金でも名誉《めいよ》でも……それこそ良家の令嬢《れいじょう》との婚姻《こんいん》でも、叶《かな》っただろう。いくら敬遠される闇魔術師といえども、魔物討伐という成果を挙げ――しかもこれから先も魔物を倒すと約束してもらえるのなら、自国の令嬢と結婚させて国に縛《しば》り付けたいとさえ思うだろう。

だがその闇魔術師は褒美として、シルヴェン伯爵家の汚名返上を申し出た――つまり、その魔術師こそがリューディアたちの恩人なのだった。


（……とにかく、会って話をしてみないと）

リューディアは家族たちと一旦《いったん》別れて、王城にある来賓《らいひん》接待用の客間に向かっていた。本当ならば父が出向くべきなのだが、軟禁《なんきん》生活が長かった父はふらふらですぐに屋敷《やしき》に帰って休息を、ということだったので、母とアスラクに頼《たの》んで一足先に父を連れて帰ってもらっていた。

そういうわけで、長子であるリューディアが一家を代表して件《くだん》の闇魔術師に会いに行くことになったのだった。

「シルヴェン伯爵《はくしやく》令嬢、リューディア様のお越《こ》しです」

侍従《じじゆう》がそう言って、恩人の魔術師が待っているという客間のドアを開けると――中は、昼間だというのに薄暗《うすぐら》かった。それは、せっかくいい天気だというのに窓のカーテンを閉めているからだろう。

薄暗い部屋の奥にあるソファに、黒髪《くろかみ》の青年が座っていた。彼はこちらを見ると、漆黒《しっこく》のローブの裾《すそ》をひらめかせて立ち上がった。

彼の髪はとても癖《くせ》が強くて、くしゃくしゃの前髪《まえがみ》がまぶたにかかっている。その目の周りはくぼんでおり、灰色のぎょろっとした目はお世辞にも、涼《すず》しげな目元とは言えない。

ソファに座っているときは分からなかったが、彼はかなり背が高い。リューディアが見上げなければならないくらいの身長差があるが体はガリガリに痩《や》せているようで、だぼっとしたローブ越《ご》しでもその体の肉の少なさがよく分かるくらいだった。

薄暗い部屋の中でも、血色が悪くて不健康そうな顔色をしているように見えた。痩せた人間のことをよくモヤシに喩《たと》えるが、まだモヤシの方がシャキシャキしていて歯ごたえがあるのではないか、とリューディアは思った。

全体的にもっさりとした見た目だが、不潔というわけではない。王国魔術師団のローブはきちんと正しく着こなしているし、髪も――あの癖毛はどうしようもないのだろうが、清潔感はあった。彼のローブの裾がひらめくと、すっとするような爽《さわ》やかな匂《にお》いがした。意外とコロンなどを付ける習慣があるのかもしれない。

（お年は……私よりもいくつか上、くらいかしら？　もうちょっと体にお肉が付いた方が、健康にもよさそうだわ）

リューディアが個性的な青年をじっと見つめていると、彼は目を細めてお辞儀《じぎ》をした。少し動きはぎこちないが、精いっぱい礼儀正しく振《ふ》る舞《ま》おうとしていることが伝わってくるようだった。

「お初にお目にかかります、シルヴェン伯爵令嬢。王国魔術師団所属の闇魔術師、レジェス・ケトラでございます」

挨拶《あいさつ》をする青年――レジェスの声は、ががらにひび割れている。喉《のど》の調子が悪い人もこんな声だが、彼は元々こんな声なのではないだろうか、と思われた。

(レジェスというのは、セルミアの名前ではないわ。でもケトラはこちらの姓《せい》だから……他国生まれなのかもしれないわね)

そう思いながら、リューディアはドレスのスカート部分をつまんで腰《こし》を折るお辞儀をした。

「お初にお目にかかります、レジェス様。シルヴェン伯爵家のリューディアでございます」

「私ごときに敬語を使われる必要はございません。私のことはレジェスでも闇ワカメでも、お好きなようにお呼びください」

「では、レジェスと呼ぶわ」

「恐縮《きょうしゅく》です。……さあ、どうぞこちらへ」

ククク、と笑いながらレジェスはリューディアにソファを勧《すす》めた。隣《となり》に立っていた侍従は不快そうにレジェスをにらんだが、リューディアは彼を手で制してレジェスの勧めた席に腰を下ろした。

レジェスも座ったところで、リューディアの方から切り出した。

「このたびは、父共々大変お世話になったわ。私たちは初対面だと思うのだけれど……なぜ伯爵家を救ってくれたのか、理由や事情をお聞かせいただいてもいいかしら？」

リューディアが尋ねるとレジェスは少し目を伏《ふ》せた後、クツクツと特徴的《とくちょうてき》な笑い声を上げた。

「ククク……なぜだと思いますか？」

「えっ？」

まさか質問を質問で返されるとは思っていなくてリューディアが言葉に詰《つ》まると、レジェスはリューディアの反応を面白《おもしろ》がるようにクツクツと笑った。

「おっしゃるとおり、私はあなたともお父君である伯爵とも面識がございません。……そんな私がなぜ、一連の出来事を起こしたのだと思われますか？」

「……そうねぇ。あなたがとっても正義感の強い人だから、かしら？」

とりあえず最初に思いついた答えを述べてみると、レジェスはふん、と小さく笑った。小馬鹿《こばか》にするというより、呆《あき》れた、と言いたそうな笑い方だった。

「はずれですね。だいたい、こんな見た目の正義の味方がいるわけないでしょう」

「えっ、正義の味方に見た目は関係あるの？」

「……普通《ふつう》、私のような見目の者は悪役にはなれても、正義の味方にはなれないですよ。お世辞なら、よしていただきたいですねぇ」

「あら、それが世間における普通なの？」

「……はい？」

怪訝《けげん》そうに眉根《まゆね》を寄せたレジェスに、リューディアは言う。

「私からするとあなたは間違《まちが》いなく、我が家にとっての救世主でしょう？　だから、正直に思ったことを口にしたつもりだったけれど……。もし気を悪くしたのなら、謝ります。ごめんなさい」

「…………いえ」

自分の世間知らず具合を指摘《してき》されたようでリューディアが殊勝《しゅしょう》に謝ると、なぜかレジェスはそっぽを向いてしばらくの間黙《だま》ってから、またこちらを向いた。

「……答えを言いましょうか。あなたは、シルヴェン伯爵の釈放《しゃくほう》を求めるために私が魔物《まもの》討伐《とうばつ》作戦に参加したとお思いのようですが……そもそもそれが違います。私は、個人的な私怨《しえん》のためにやっただけです」

「私怨……？」

「私、あの女が大嫌《だいきら》いなのです」

ふん、と馬鹿にするようにレジェスが笑った瞬間《しゅんかん》、壁際《かべぎわ》にいた侍従がさっと気色ばんだのが分かった。王城に仕える彼からすると、王家の姫《ひめ》への侮蔑《ぶべつ》的発言は聞き逃《のが》せないだろう。

だがレジェスは怒《いか》りの表情をあらわにする侍従を振り向き見ると、はっと鼻で笑った。

「おや、私に対して怒りを抱《いだ》いている様子ですが……はてさて、あのこむすー——失礼、王女にそれだけの価値がありますか？」

「……何？」

まだ若そうな侍従の低い声も何のその、レジェスは手の中にぽんっと黒い塊《かたまり》を生み出すと、それをころころと手のひらの中でもてあそびながら楽しそうに言葉を続けた。

「あの王女は偏見《へんけん》がひどくて、闇《やみ》魔術師であるというだけで私に暴言を吐《は》いたり、馬で蹴《け》ろうとしたり、闇魔術師の仕事がなくなるように嘘八百《うそはっぴゃく》を国王に吹《ふ》き込んだりしたのですよ？　おまけに今回も、自分の過失を伯爵になすりつけようとした……ええ、とんでもない女です。それを、あなた、擁護《ようご》するんですか？」

「……貴様っ！　それが王女殿下《でんか》への物言いか!?」

侍従が怒鳴《どな》ってもどこ吹く風で、レジェスは闇の塊で遊んでいる。

「はぁ……でも、あなたも知ってるでしょう？　あの王女、気に入らない使用人とかを片っ端《ぱし》から辞《や》めさせていますよね？　根も葉もない噂《うわさ》を流して相手を失脚《しっきゃく》させる……きれいなのは顔だけで、中身は闇魔術師もびっくりの性悪《しょうわる》だったということですかねぇ……ククク」

そう言いながらレジェスは、それまでころころ転がしていた黒い闇の形を変え、うぞうぞと動く虫のようにした。それを見て、侍従がひっと息を呑《の》み顔色を赤から一瞬で白に変えた。

「そういうことで、個人的に恨《うら》みのある王女を懲《こ》らしめてやろうという気持ちで、闇魔術を使って情報収集したのですが……そうすれば、真実が出てくるわ出てくるわ。王女はあろうことか、嫉妬《しっと》ゆえの過《あやま》ちを伯爵《はくしゃく》になすりつけ、さも自分が悲劇の主人公、無辜《むこ》の被害《ひがい》者《しゃ》であるかのような面《つら》をしているということがね」

　レジェスは芋虫《いもむし》状態の闇を自分の手の上で這《は》わせながら、小馬鹿にするような視線を窓の外に向けた。

「一歩間違えれば国際問題に発展しただろうに、それをシルヴェン伯爵が体を張って止めてくれた。それなのに逆ギレするあの女を擁護して、何になるのやら」

「……そ、それは！」

「しかし、それを口にするには私には権力がありません。よって、ちょうどいいところに募集《ぼしゅう》がかけられていた魔物討伐作戦に参加することにしたのです。これで戦果をあげれば、誰《だれ》も私の申し出を拒《こば》めぬだろうと踏《ふ》んで、ね」

　ククク、と彼が笑うのに合わせて、彼の手の中にある闇の塊もうねうねと動く。

「私の読み通り、皆《みな》がいる謁見《えっけん》の間で罪を明かせば、王女殿下は怒り心頭で私をなじりました。しかし……証拠《しょうこ》を突《つ》き出せば、それはそれは面白いくらい黙り、青ざめ、私に許しを請《こ》うてきたのですよ。……ええ、私に。身勝手な行いで投獄《とうごく》した伯爵や、辛《つら》い立場にあるあなたたちではなくて、ね！」

ぶわっ、と闇が弾《はじ》け、薄暗《うすぐら》い部屋の天井《てんじょう》に散っていった。侍従《じじゅう》は悲鳴を上げたがその光景はどこか幻想的《げんそうてき》で、リューディアはほう、とため息をついて降り注ぐ闇の残滓《ざんし》を見ていた。

「無論、ここで絆《ほだ》される私ではありません。ですがまあ、マルテ王国との関係が悪くなれば私にとっても面倒《めんどう》なことになりますし、今回の件は『誤ってマルテ王女にぶつかりそうになったところを、シルヴェン伯爵に止めてもらえた』という形に止《とど》めて差し上げることにしました」

「では、国民たちに父の無実を告げる際にも、そのような形で報告されるのね」

リューディアが尋《たず》ねると、レジェスはうなずいて闇の残滓を手のひらに集めてふいっとかき消した。

「ええ。……ですがまあ、勘《かん》のいい人は気づくでしょう。王女殿下は、うっかりマルテ王女にぶつかりそうになったのではないのではないか……とね。そういうことで伯爵家の汚《お》名《めい》はそそがれました。あなたも自由の身になれたようで、よかったですね」

「ええ、感謝するわ」

リューディアがうなずくと、侍従のみならずなぜかレジェスも意外そうに目を瞬《またた》かせた。

「……あなた、私の汚《きたな》い面を知ってもけろっとしているのですね。普通、こういうときって引きません？」

「まあ、ごめんなさい、世間知らずで。でも……あなたの私怨とかは置いておくとして、私たちが助かったのは事実だもの。だから……ありがとう、レジェス・ケトラ」

リューディアが頭を下げると、レジェスはクククッと笑ってからリューディアに顔を上げるよう言った。

「礼には及《およ》びません。私としても積年の恨みを晴らすだけでなく、皆に忌避《きひ》される闇魔術で魔物を倒《たお》し、皆の羨望《せんぼう》と嫉妬と怯《おび》えのまなざしを一身に受けるというのは……非常に気持ちのいい体験でしたからね」

「あなた、趣味《しゅみ》が変わっているのね」

「ええ、悪趣味だと自分でも思っております」

「あら、そういう意味ではないわよ。趣味なんて、人それぞれでしかるべきじゃない。あなたが行ったことは法に触《ふ》れているわけでもないのだから、何を趣味にするかなんて人の勝手でしょう」

リューディアが言うと、レジェスは笑うのをやめた。どこか探《さぐ》るような目で見られるのは少し居心地《いごこち》が悪いが……嫌《いや》だとは思わない。

（……ひとまず、話は終わったわね）

リューディアは立ち上がり、ドレスの裾《すそ》を直してからレジェスに向き直った。

「このことは、家族にも話しておくわ。……父もあなたに礼を述べたがっていたから、いずれお話を聞いてもらえるかしら」

「……。……ええ、もちろん」

「助かるわ。……では、ひとまずのところ話はこのあたりでよいかしら？」

「そうですね。私も暇《ひま》ではないので、魔術師団に戻《もど》らなければなりません」

「ええ、それもそうね。忙《いそが》しい中、話をしてくれてありがとう。これからもどうぞよろしくね」

リューディアはお辞儀《じぎ》をして、侍従が開けたドアから部屋を出た。

（なんとか、レジェスとの話は付いた……）

廊下《ろうか》に出たリューディアはふうっと息を吐き出し、待たせていた使用人たちを連れて歩きながら、レジェスのことを考えていた。

つんっと突けばそのまま倒れてしまいそうな雰囲気《ふんいき》の、闇魔術師・レジェス。ククくと笑う姿は変わっているし考え方もかなり個性的だが……リューディアはそんなレジェスのことを、不快な人だとは思わなかった。

（変な人。でも、いい人）

知らない間に、ふふん、と鼻歌を歌っていたリューディアを、伯爵家の使用人たちは不思議そうに見つめていたのだった。

リューディアが去っていった後の客間で、レジェスはしばらくの間黙り込んでいた。だが侍従に「早く出て行け」と目で指示されたため、にやりと笑って立ち上がり彼を見つめた。

「それでは、そろそろ失礼しますね。……このままじっとしていると、うっかり闇魔術《まじゅつ》を発動させそうですので」

ニヤニヤ笑いながら言うと、侍従はさっと青ざめた。彼は身分ではレジェスよりずっと上なのだろうが、所詮《しょせん》それだけだ。

レジェスが本気になれば、こんなひ弱な男ごとき一瞬《いっしゅん》で葬《ほうむ》れる。そんな優越感《ゆうえつかん》を胸にレジェスは部屋を出て――ふと、先ほどのリューディアの言葉を思い出す。

『私からするとあなたは間違《まちが》いなく、我が家にとっての救世主でしょう？』

『忙しい中、話をしてくれてありがとう。これからもどうぞよろしくね』

話をしている間、リューディアの杏色《あんずいろ》の目はまっすぐレジェスを見ていた。

こんな鬱屈《うっくつ》していそうな見た目で不気味に笑う男に対してもきちんと話をしてくれて

——何気ない一言一言で、闇に浸《つ》かった胸を貫《つらぬ》いてくる。

「……本当に。あなたは……変わらないですね」

ぼそっとつぶやくとなんだか少し恥《は》ずかしい気持ちがしてきたので、レジェスは通り過ぎざまにこちらをにらんできた別の属性の魔術師に闇《やみ》魔法をちらつかせて遊ぶことにした。

2章　日陰で過ごす時間

闇魔術師レジェス・ケトラの働きにより父の潔白が証明され、リューディアたちは自由の身となった。

レジェスは事実を明らかにしたが、彼も自国とマルテ王国との友好関係などを考慮《こうりょ》して、真実を公表することに関してある程度譲歩《じょうほ》した。これによりビルギッタ王女は、離宮《りきゅう》にある部屋で謹慎《きんしん》処分を受けることになった。

華《はな》やかなパーティーに出るのが大好きな彼女にとっては、質素なドレス姿で一日中部屋に籠《こ》もるというのはかなりのストレスになるかもしれない。だが、「シルヴェン伯爵《はくしゃく》家はもっと辛い思いをした」と、親馬鹿《おやばか》な国王もさすがに譲《ゆず》らなかったそうだ。

娘《むすめ》の不始末と己《おのれ》の早計を悔《く》いる国王は、伯爵家の名誉《めいよ》挽回《ばんかい》のために助力を惜《お》しまないと言ってくれた。そのおかげか、軟禁《なんきん》解消後初めて参加した王城で開催《かいさい》されたパーティーでも、リューディアはひそひそされたり遠巻きにされたりするどころか、貴族たちの方から寄ってきた。

「このたびのご心労を拝察いたします」

「なんでも、伯爵は倒れそうになった王女殿下《でんか》をお支えしようとしただけだとか……」

「リューディア嬢《じょう》がお元気そうで、何よりです」

新調したばかりのドレスを纏《まと》ってパーティー会場に現れたリューディアを囲む面々には、顔なじみの貴族もいればこれまであまり関《かか》わったことのない貴族もいる。

顔なじみの多くは、謹慎期間中もシルヴェン伯爵家への協力の態度を貫いてくれた者たちだ。中には伯爵家の金庫が凍結《とうけつ》されている間に密《ひそ》かに資金援助《えんじょ》をしてくれた者もおり、彼らには利子も付けて金を返している。重ね重ね礼を言ったが、「ご家族皆様《みなさま》がお元気なら、何よりです」と笑顔《えがお》で言ってくれた。

一方、伯爵家と早々に手を切った者もいる。下手に伯爵家に肩入《かたい》れすると王家に逆らうことになるのだから、彼らの判断を憎《にく》むつもりはリューディアにも父にもない。

（でも、半年後に事件の真実が明かされたからといって手のひらを返してくるのは、どうなのかしら……）

半年前には、「横暴な伯爵の娘」とか「父親が投獄《とうごく》されたのに社交界に出る恥知《はじし》らずな令嬢」とリューディアを罵《ののし》っていた者たちが今は、貼《は》り付けたような笑顔ですり寄ってくる。それも、「私は伯爵の潔白が、分かっておりましたよ」なんてしたり顔で言ってきたり、ついでに「うちの息子《むすこ》とお話でもなさりませんか？」と遠回しに結婚《けっこん》まで勧《すす》めてきたりした日には、扇《おうぎ》に隠《かく》れて呆《あき》れたため息をついてしまったくらいだった。

（そんな人と縁組《えんぐみ》みなんて、お断りよ）

リューディアとしてもばっさり切り捨てるし、たまにいる「うちの娘が弟君のアスラク様を屋敷《やしき》に招きたがっていまして」という連中には、いっそう冷たい笑顔で牽制《けんせい》する。

誰《だれ》が、伯爵家が危機に陥《おちい》ったときに我先《われさき》に縁を切ってきた家と自分の弟とを婚姻《こんいん》させたがるものだろうか。万が一同じような事件が起きた場合、そういう人はまたしてもあっさりとリューディアたちを見捨てるはずだ。

リューディアとて貴族の令嬢なのだから、実家のためになる結婚をするのが一番だと分かっている。だが……結婚するならやはり、誠意のある人がいい。両親も、リューディアの嫁《とつ》ぎ先を考えるなら軟禁期間中も懇意《こんい》にしてくれた家を候補にしたいと言っていた。

だがまずは、リューディアが元気に社交界に出ることでシルヴェン伯爵家の力を示さなければならない。国王のフォローがなくとも伯爵家は誇《ほこ》りを持って生きているのだと、伯爵家の娘であるリューディアこそが率先《そっせん》して動きたかった。

……とはいえ。

「……ということで、今度我が領で開かれる狩猟《しゅりょう》会に、リューディア嬢を是非《ぜひ》お招きしたくて」

「いえ、その時期は多忙《たぼう》なので遠慮《えんりょ》します」

リューディアはにべもなく言うが、相手の青年は全く応《こた》えた様子もなくにこにこしている。

リューディアが顔なじみや令嬢仲間に挨拶《あいさつ》して回っていると、この青年が声をかけてきた。子爵家嫡男《ちゃくなん》の彼は確かに、伯爵家の娘の嫁ぎ先としては悪くないが——彼の実家はこの半年間、社交界でシルヴェン伯爵家の悪口を散々言っていたそうだ。

まさに、国王自ら伯爵家の潔白を宣言してから手のひらを返した貴族のお手本だ。他《ほか》の貴族令息ならここまでばっさり言えばおとなしく引くものだが、彼はなんとしてでもリューディアの気を引きたいようだ。

（もしかすると彼の父親から、私にごまをするように言われているのかもしれないわね……）

そんなことを考えながらリューディアは青年の誘《さそ》いを袖《そで》にしつつおいしいケーキを頬張《ほおば》っていたのだが、青年のしつこいことしつこいこと。

「おや、リューディア嬢はそちらのデザートがお好きですか。いえ、実は我が家お抱《かか》えの菓子《かし》職人がこれに似たものをよく作っておりまして。……ああ、そうです！　ティーパーティーにお招きして、職人が腕《うで》を振《ふ》るって作った逸品《いっぴん》をご賞味いただければ……」

「いいえ、我が家の菓子職人もそれはそれは優秀《ゆうしゅう》なので、彼に作らせますから間に合っています」

「そうですか。……ちなみにリューディア嬢は、気になる異性などはいらっしゃいますか？」

（小手先ではだめだと分かって、切り込んできたわね……）

甘酸《あまず》っぱい果実酒を堪能《たんのう》したリューディアは、ちらっと青年を見た。

粋《いき》な髪型《かみがた》に整えたブロンドに、つやつやとした血色のいい肌《はだ》。騎士《きし》ではないのでどちらかというと痩《や》せているが、いいものを食べているからそれなりに肉も付いているはず。

（……まあ、そうよね。平均的な成人男性は、これくらいの体格なものよね）

健康的な貴公子を見ていると、ふと、彼とは真逆な見た目の青年のことが思い出された。

世の男性の「普通《ふつう》」はこの目の前の青年であり、背は高いのに痩せていてククと笑いながら手の中にころころと闇の塊《かたまり》を生じさせる男の方が、特殊《とくしゅ》なのだろう。

「おりません。今は異性関連より、伯爵家の経営や弟の将来について考えたいので」

もちろん結婚も考えているが、面倒《めんどう》くさい相手に離《はな》れてもらうためにそう言っておいた。

すると青年は目尻《めじり》を垂らし、ため息をついた。

「なんと、弟思いの素敵《すてき》な方ですね。……しかし、ご家族のことを大切に思うのは立派ですが、あなたも女性としての幸せを考えてもよいかと思います」

「……女性としての、幸せ？」

「ええ！　まずは私と、個人的なお付き合いを――」

「……なぜ、あなたに、女性としての幸せを説かれなければならないのですか？」

コト、と果実酒の入っていたグラスをテーブルに置き、リューディアは静かに尋《たず》ねた。

別に、怒《おこ》っているわけではない。苛立《いらだ》っているわけでもない。ただ……胸の奥でもやっとするものを、この男にぶつけてやりたかっただけだ。

「あなたは男性です。そして、年齢《ねんれい》も私とさほど変わらないはず。……そんなあなたがなぜ、私に女性の幸せを語るのですか？」

「……え？　それはまあ、結婚と出産こそが女性の幸福そのもので……」

「あなたは一度でも、女性として結婚したことがおありなのですか？　出産したことがあるのですか？　それとももしや、女性として生きた前世の記憶《きおく》でもお持ちなのですか？」

「そ、それはないですが、母や姉もそのように幸せに――」

「であれば、あなたのお母様やお姉様からその話を聞きたく存じます。とはいえ、私の幸せが何かは私が決めます。家族でも恋人《こいびと》でもないあなたから諭《さと》されるべきことは、一切《いっさい》ございません」

リューディアはそこで言葉を切り、新しいグラスをひょいっと取ってワインを口に含《ふく》んだ。特に手元を見ずに選んだので思ったよりも苦い味のものだったが、今はこれくらいの苦さがちょうどよかった。

子爵家令息はしばらく呆然《ぼうぜん》としていたが、やがて何かに思い至ったかのように「あっ」と小さな声を上げた。

「……分かりました！　さてはリューディア嬢は、あの闇魔術師に何かそそのかされたのではないですか？」

「……何のことですか？」

本当に何のことか分からないので尋ねると、青年はなぜか悲しそうな顔になって少しリューディアの方に体を寄せてきた。リューディアは、近づかれた同じ距離《きょり》の分だけ離れた。

「あの、王女殿下《でんか》に不敬を働いた魔術師《まじゅつし》ですよ。ほら、社交界でも有名でしょう？　王女殿下が謹慎《きんしん》処分を受けたのは、あの闇《やみ》魔術師のせいだとか」

「……」

リューディアの細い眉《まゆ》がすうっと寄せられる。その意味に気づいているのかいないのか、青年はわざとらしい大きなため息をついた。

「さてはやつは、王女殿下のみならずあなたにも不敬を働いたのでは？　ああ、やはり闇魔術師なんて城に入れるべきではない！　連中は協調性の欠片《かけら》もない陰湿《いんしつ》な者たちです。おまけに総じて短命だと言いますから、さっさと引っ込んでいればいいのに……」

「お言葉ですが。あなたに彼のことを貶《けな》す資格はありません」

空になったグラスをことん、と再び置き、リューディアは男を見つめた。

「父が王女殿下を殴《なぐ》ったというのは間違《まちが》いであり、それを指摘《してき》したのはレジェス・ケトラである。……それが皆も知る事実でしょう。彼は真実を明らかにしただけであり、私に不敬を働いたことは一度もございません。彼の働きにより我が家が救われたのは、紛《まぎ》れもない事実でございますので」

「えっ？　しかし、あなたが伯爵《はくしゃく》家の名誉《めいよ》挽回《ばんかい》を条件に闇魔術師に弱みを握《にぎ》られたというのは、有名な話で……」

「あらあら。そんな根も葉もない噂《うわさ》を信じてらっしゃるだなんて、心外でございます。そして、まさかそんな噂を当事者である私の前でぺらぺらとしゃべるなんて……」

そこでようやく彼は、自分の発言でリューディアを怒らせたことに気づいたようだ。さっと青ざめる青年を一瞥《いちべつ》して、リューディアはきびすを返した。

「リューディア嬢《じょう》っ！」

「……」

「いえ、その、今の発言は……そう！　憶測《おくそく》のみで嘘《うそ》情報を流す、皆《みな》が悪いのであって……」

「ごきげんよう。今後、あなたとお会いすることは二度とないと思います」

最後の最後まで自己保身に走る男に視線をくれることなく、リューディアは歩き出した。

リューディアが歩くと周りの貴族たちはさっと道を空けたので、彼らに微笑《ほほえ》みを向けてから使用人に甘いケーキを皿に取るよう頼《たの》んだ。

（本当に。社交界って、煩《わずら》わしいわよね……それにしても）

「私にとっての幸せって……どんなものなのかしら」

とろけるほど甘いケーキを味わい、リューディアは誰《だれ》にともなくつぶやいた。


シルヴェン伯爵家の名誉が回復して、一ヶ月ほど経過した。

「それでは、お父様。お気を付けていってらっしゃいませ」

「ああ。すまないな、リュディ」

リューディアが鞄《かばん》を差し出すと父は微笑み、従者を伴《ともな》って去って行った。

本日リューディアは、無事に伯爵としての仕事を再開できるようになった父に付き添《そ》い、セルミア王城に来ていた。毎日父の出勤に付き添う必要があるわけではなくて、今日リューディアは王族女性が離宮《りきゅう》で開催《かいさい》するサロンに招かれており、ついでだからということで父と同じ馬車に乗ってきたのだった。

リューディアはしばらくその場に立って父の背中を見ていたが、すれ違った人々は父に気さくに声をかけていた。王女への暴行罪で半年間捕《つか》まっていた父だが、こうも早く皆の信頼《しんらい》を取り戻《もど》せたのはレジェスの働きはもちろんのこと、父の人徳のたまものでもあるだろう。

（お父様が帰ってこられてから、お母様も元気になられた。アスラクの騎士団入りも撤回《てっかい》されずに済んだし……本当によかったわ）

そう思いながらリューディアは使用人を連れて、自分の目的地である離宮に向かった——のだが。

「まあ……お体の調子がよくないと」

「ええ、申し訳ございません。……すぐにお客様方には連絡係《れんらく》を向かわせたのですが、行き違いになっていたようで」

離宮の使用人が低姿勢で謝った。どうやら主催者の王族女性が今朝になって腹痛を訴《うった》えたため、急ぎ連絡をしたそうだ。だが父と一緒《いっしょ》に行動するためリューディアは早めに屋敷《やしき》を出たので、連絡を受け取ることができなかったようだ。

そういうことなら、とリューディアは持ってきていた手土産《てみやげ》だけを渡《わた》して養生するよう言付け、離宮を出た。

「お嬢様、すぐに馬車の手配をしますね」

「ありがとう。でも、それこそ馬車も帰ってしまったばかりだから……迎《むか》えに来るまで、このあたりを散策しているわ」

「かしこまりました。しばらくお待ちください」

馬車を呼びに使用人が走って行ったので、リューディアは彼女が帰ってくるまでの間王城の庭園をぶらぶらすることにした。ここなら王城関係者しか立ち入らないし庭園周辺には騎士や魔術師によりしっかりとした警備が敷《し》かれているので、不審者《ふしんしゃ》に遭遇《そうぐう》することはない。

（こうしてゆっくり過ごすのも、久しぶりね……）

心地《ここち》よい風を浴びながら、リューディアは思う。

セルミア王国は夏は涼《すず》しく冬はたまに雪が積もる程度であるため、セルミアの過ごしやすい気候を求めて夏や冬に近隣《きんりん》諸国から多くの観光客が訪《おとず》れる。天気が崩《くず》れたとしても、夏のしっとりとした雨は心地よくて冬の雪もさらりとしているという特徴《とくちょう》があった。

今は初冬で、長袖《ながそで》ドレスを着て歩くくらいがちょうどいい。日光も強すぎないので、穏《おだ》やかな陽射《ひざ》しを浴びながら散歩すると気持ちよかった。

（あっちに植えられているのは、お花……ではないわね）

ぶらぶら庭園を歩いていると、低めの生け垣《がき》で覆《おお》われた一角を見つけた。生け垣の上からのぞき込んだその先は、種類様々な葉が生えていた。ふんわりと漂《ただよ》ってくるのは、清涼《せいりょう》感《かん》のある香《かお》り。

（薬草園みたいね。こっちはさすがに関係者以外、立ち入り禁止かしら……あら？）

生け垣沿いに歩いていたリューディアは、薬草園の中央にたたずむ人影《ひとかげ》を見つけた。ふくらはぎほどの丈《たけ》の薬草畑に立つのは、黒っぽいローブ姿の人間。こちらに背を向けているが、そのもさっとした頭のシルエットには見覚えがあり、リューディアはあっと声を上げた。

（レジェス・ケトラだわ！）

どうしてここに、と思ったが、すぐに予想ができた。

薬草の中には魔術の効果を高めたり魔術師の魔力を増幅《ぞうふく》させたりする効果のあるものも多いらしく、そういう関係で魔術師たちの中には薬草学を得意とする者が多いそうだ。また、ただ購入《こうにゅう》した薬草を薬にするだけではなくて自ら栽培《さいばい》したものを材料にする者もわりといるのだと、伯爵家が抱《かか》える私有魔術師団員から聞いたことがあった。

「……こんにちは、レジェス。お仕事中かしら？」

彼にぎりぎりまで近づき生け垣越《ご》しに声をかけるが、返事がない。薬草の手入れに集中しているのか……と思ったが、腰《こし》をかがめているわけでもなくただ棒立ちになっているだけだ。

（何かを見ているのかしら……？）

仕事中なら挨拶《あいさつ》だけしようと思ったが、微動《びどう》だにしないのが気になった。ちょうど近くに生け垣が割れて薬草園に立ち入れる場所があったので、ドレスのスカート部分を軽くつまんで生け垣を抜《ぬ》け、レジェスのもとに向かう。

彼はリューディアが近づいても、びくともしなかった。もしかしたら、レジェスを模した精巧《せいこう》な等身大人形なのか……と思って顔をのぞき込む。ぎょろ目は動かないが頬《ほお》の筋肉が少しだけ動いているので、生身の人間だったようだ。

小首を傾《かし》げてレジェスを見上げるリューディアは、もう一度呼びかけることにした。

「……レジェス？」

「……」

「あの、せめて瞬《まばた》きくらいしたら……えっ、あらっ⁉」

このままでは眼球が乾燥《かんそう》しそうなので、軽く背中を叩《たた》くと――その痩《や》せ細った体が傾ぎ、どさっと薬草畑の中に倒《たお》れ込んでしまった。

（えっ……えええっ⁉　私、そんな強い力じゃなかったのに……⁉）

「ち、ちょっと、レジェス！　どうしたの……って、熱い⁉」

しゃがんでレジェスの体を揺《ゆ》さぶり――ローブ越しの皮膚《ひふ》がやけに熱いことに気づき、リューディアはぎょっとした。

（体が熱くて、顔色が悪い……。あっ、これ、昔見たことがあるわ！）

この症状《しょうじょう》は、子どもの頃《ころ》に一日中夏の草原を走り回って倒れてしまったときのアスラクの様子に似ている。

そう、レジェスは熱中症《ねっちゅうしょう》になっていた。

今は、初冬なのに。

倒れたレジェスを放《ほう》っておくこともできず、リューディアは長身のわりに軽い彼の体をずるずると引きずっていった。

「お嬢様《じょうさま》、何を……えええっ⁉　なんですか、それ⁉」

「アスラクぼっちゃまじゃないんですから、そんな大きなものを拾ってこないでください！」

「ものではなくて、人間よ。体調が悪いみたいなの」

少し離《はな》れたところにいた使用人たちは、お嬢様が持って帰ったものが人間だとは思っていなかったようだ。

リューディアが飲み物や濡《ぬ》らしたタオルを持ってくるよう言うと、彼らはおっかなびっくりしつつすぐに飛んで行ってくれた。行かせてからリューディアは、せめて男性の兵士だけでも残しておけばよかった……と遅《おく》れて気づきつつも自力でレジェスを日陰《ひかげ》まで運んで、きっちり着込んでいるローブを軽くはだけさせた。さすがにシャツなどまで脱《ぬ》がす気にはなれなかったが、それでも薄《うす》っぺらくて不健康な体形をしているのだと分かった。

使用人が持ってきた濡れタオルで首などを冷やして扇《おうぎ》で風を送ってやると、しばらくの間はぼうっとしていたレジェスがゆっくり身じろぎをした。視点がなかなか定まらない目がリューディアを見上げ、薄い唇《くちびる》を開いた。

「……天使？」

「ごめんなさい、人間です」

「……なるほど、私は幻《まぼろし》を見ているのですね。あなたが、ここにいる……」

「幻ではないわよ。……体調はどう？　レジェス・ケトラ」

なるべく優《やさ》しい声で尋《たず》ねると、最初は視線をうろうろさせていたレジェスだがすぐに灰色の目に生気が宿り、ばっと体を起こした。

「……こ、ここは!?　なぜ、あなたが……!?」

「あなた、薬草園のど真ん中で倒れたのよ。はい、お水どうぞ」

「あ、ありがとうございます……」

ごにょごにょと礼を言ったレジェスが骨張った手でリューディアが差し出した木のコップを受け取ろうとしたとき、ほんの少しだけ彼の指先がリューディアの手の甲《こう》に触《ふ》れた。

リューディアとしては、おや、と思うくらいだったがレジェスはそうではなかったようで、大げさなほどビクッと震《ふる》えた彼の手からコップが落ちてしまった。

「っ、っ…………!?」

「あらまあ、こぼしてしまったわね」

「す、すみ、あの、ごめんなさい、その、触れて……」

「いいのよ。ほら、おかわりどうぞ」

念のために使用人はピッチャーごと持ってきてくれていたので、水を全《すべ》て地面にぶちまけてしまい空になったコップに新しい水を注ぐことができた。

レジェスは取り落とさないように今度こそしっかりとコップを持ち、むせないようにちびちびと水をすすった。土気色の横顔にほんのりと赤みが差しているのは、きっと――熱中症になったからだろう。

「まだ顔が赤いわね。ふらふらする？　吐《は》き気はない？」

「えっ？　あ、あの、これは、その……。……大丈夫《だいじょうぶ》、です」

「そう？　それならよかったわ」

リューディアがほっと息をつくと、コップ半分ほどの水を飲んだレジェスがしょぼしょぼと言った。

「……その、本当に……ご迷惑《めいわく》をおかけしました。ありがとうございました……」

「どういたしまして。あなたが復活できたのなら、何よりよ」

「……。……ですが、あの……そもそもなぜここに、あなたが？」

レジェスにおずおずと問われたので、使用人から受け取ったタオルを地面に敷《し》いて彼の隣《となり》に腰を下ろしたリューディアは離宮《りきゅう》の方を手で示した。

「今日、用事があってお城に来ていたの。それで庭園を散策していたら薬草園が見えて、あなたの姿があったから声をかけたのよ。気づかなかった？」

「……その、途中《とちゅう》から意識を失っていたようなので、気づかず……申し訳ありません」

「いいのよ。……魔術師《まじゅつし》には薬草の扱《あつか》いが得意な人も多いそうだけど、あなたもそうなの？」

「……植物は、人を差別しませんから」

リューディアの問いにレジェスはぼそっと答え、木のコップを地面に置いて膝《ひざ》を抱えて丸くなった。まだ体力が戻《もど》りきっていないのかそんな彼の横顔は少し弱々しく見えたし、実際はリューディアより年上だろうが今は少しだけ子どもっぽく見えた。

彼が黙《だま》ったので、その隣にいるリューディアも黙っていた。初冬の日陰は少しだけ肌寒《はだざむ》いが、不快なほどではない。

（こういう日には、サンルームで読書でもしたいわね）

シルヴェン伯爵邸《はくしゃくてい》には、真冬でも暖かいサンルームがある。そこには家族の人数分のロッキングチェアーがあり、父の休日に皆《みな》でくつろぐ時間があった。なお、ロッキングチェアーは四つおそろいなのだがアスラクは自分のものを改造したらしく、座ると愉快《ゆかい》な音を奏《かな》でるような仕組みになっている。

「……私のことが、不気味ではないのですか」

ともすれば空を渡《わた》る風の音にかき消されそうなほど小さな声で、レジェスが言った。物思いをやめたリューディアがそちらを向くと、先ほどよりは頬の赤みが引いた様子のレジェスがこちらを見ずにしゃべっていた。

「……私の見た目は、皆に忌避《きひ》されます。そして、私は疎《うと》まれがちな闇《やみ》魔術師です。それなのに、どうしてわざわざ近づいてくるのですか」

「……。……ええと。私、あなたのことが不気味とは思っていないけれど……？」

「……クク。お優しいことですね」

「まあ確かに、もうちょっとご飯を食べてお肉を付けた方がいいとは思うわ。あと、もう少し日光に強くなった方がいいわ。それにさっき熱中症で顔が赤くなってやっと、健康的な肌《はだ》の色に見えたくらいだから、栄養素が足りていないのかもしれないわね」

「いや、それは熱中症のせいでは……あ、いえ、なんでもありません」

もにょもにょと何か言った後に、レジェスはくしゃくしゃの癖《くせ》のある黒い髪《かみ》を掻《か》いた。

「……王女を謹慎《きんしん》処分に追いやった主犯ということで、私をあしざまに言う者もいるでしょう。今日、私を助けてくださったことには礼を述べます。……ですがあなたの評判を落とさないようにするためにも、私には関《かか》わらない方がよろしいでしょう」

「えっ、あなたと一緒《いっしょ》にいると、私の評判が落ちるの？　どうして？」

リューディアが問うと、逆にレジェスの方が困ったように視線を逸《そ》らして自分の前髪《まえがみ》を引っ張った。

「ど、どうしてって……私のような根暗で陰気《いんき》な男と関わりがあるとなれば、あなたを貶《けな》す者も出てくるはずです。ただでさえ闇魔術師はその特性上、悪く言われがちなのですから。わざわざ危険な橋を渡ろうとする必要はないでしょう」

「そうね。最近参加したパーティーでも、そういうことを言う人はいたわ」

「……」

レジェスは黙って膝に顎《あご》を埋《うず》めてしまったが、リューディアは続けた。

「でもね、私はこう思っているわ。王女殿下《でんか》は、しかるべき処分を受けただけ。悪いことをして罰《ばつ》を受けるのは、王族だろうと貴族だろうと平民だろうと同じこと。そして、あなたは悪を摘発《てきはつ》しただけ」

「……」

「だから、あなたが気に病《や》む必要もないし……私があなたと関わってはならないという理由も存在しない。そうじゃない？」

レジェスの方を見て尋ねるが、彼は膝を抱《かか》えた姿勢のまま何も言わない。だが、膝の間から「んぐぅ……」という潰《つぶ》れた声が上がったので、起きてはいるようだ。

（……それにしても。レジェスは本当に、私怨《しえん》だけであの騒動《そうどう》を起こしたのかしら）

それは、リューディアだけでなくて家族たちも皆思っていることだった。

両親もアスラクも、レジェスが個人的な恨《うら》みゆえに王女の悪事を摘発したと知っても、「ああ、そういう理由があったのか」程度に受け止めていた。

（でもなんとなく、他《ほか》に理由がありそうなのよね……）

レジェスは……おそらくだが、偽悪的《ぎあくてき》に振《ふ》る舞《ま》っている。一見すると傲慢《ごうまん》で自己中心的な言動をしているようだが、レジェスの主張自体には納得《なっとく》がいくしリューディアに対して気遣《きづか》うような発言もする。

だが、そういうことについて尋ねるつもりはない。レジェスにはいろいろ複雑な事情がありそうだし、そもそもリューディアは彼にあれこれ尋ねられるような立場ではない。助けられたのは事実だが、それ以上は踏《ふ》み込まない方が、彼のためにもなるだろう。

涼《すず》しい風を浴びてふわふわ揺《ゆ》れるレジェスの黒髪を見ていて……ふと、リューディアは思い出したことがあった。

（……そういえば。私は昔、闇魔術師の男の子と会ったことがあるわ）

何分《なにぶん》昔のことなので記憶《きおく》はあやふやになりかけているが、リューディアは子どもの頃《ころ》に、自分と同じ年くらいの闇魔術師の少年と知り合ったことがある。伯爵領の田舎《いなか》で行き倒《だお》れていたところをリューディアが介抱《かいほう》したのだが、名乗らず去って行った彼もくしゃくしゃの黒い髪を持っていた気がする。

（レジェスは見たところ、私より年上みたいだし……あっ、そういえば魔術の属性は遺伝の要素が強いって聞いたことがあるわ！）

ということは、ひょっとしたら。

「ねえ、レジェス。聞きたいことがあるのだけれど」

「……どうぞ」

突《つ》っぱねられるかと思ったが、存外穏《おだ》やかな声で先を促《うなが》された。

「あなた、年はいくつ？」

「年？　……だいたい二十三かと」

なぜ年齢《ねんれい》に「だいたい」が付くのかは分からないがとにかく、彼はリューディアより四つ上だった。

「そうなのね！　……ねえ、あなたには、あなたによく似た弟がいる？」

「……弟？」

それまでは丸くなっていたレジェスが、顔を上げた。

「そう。ええと……多分私と同じくらいの年だと思うけれど。昔ね、あなたによく似た雰《ふん》囲気《いき》の男の子と知り合ったことがあるの。彼は闇魔術を使っていて、貴族の私有魔術師団員だと言っていたの。だから、あなたの弟かなと思って……」

「……」

リューディアが話すにつれて、レジェスの額に深い縦皺《たてじわ》が刻まれていった。

彼はしばらくの間、黙っていたが——やがて、そっぽを向いた。

「……そんな者、知りません」

「そうなの……？」

「私には、弟なんていません。……いえ、一応いるにはいましたね。……弟とも呼びたくないようなクソガキが」

吐き捨てるようなその言葉を聞き、リューディアはうかつな質問をしたことを後悔《こうかい》した。どうやら、レジェスは家族との仲がよくないようだ。

もし昔助けたあの少年がレジェスの弟なら、彼と再会できるかも……とかすかに期待したのだが、レジェスを怒《おこ》らせるだけに終わってしまった。

「……ごめんなさい。私、失礼なことを聞いてしまったわね……」

「……あっ。あの、いえ……すみません、そんな、あなたが謝られることではありません。その、私こそ、いきなり口調を荒《あら》らげて……すみません」

リューディアは心から謝ったのだがレジェスの方が慌《あわ》てて振り向き、謝罪してきた。彼としては、リューディアにあのような素っ気ない口の利き方をするつもりはなかったのだろう。

彼はしばらく黙っていたがやがて立ち上がり、リューディアに背を向けた。

「……今日は、お世話になりました」

「もう行くの？　体は大丈夫《だいじょうぶ》？」

「ええ、おかげさまで。……次からは倒《たお》れないように、気をつけます」

「そうね。冬だけれど庭仕事をするのなら帽子《ぼうし》を被《かぶ》った方がいいし……あと、水分補給もしっかりね。あなたが倒れたとき、いつでも私が駆《か》けつけられるわけではないのだから」

「いや、それは本当に今回だけですので」

レジェスはそう言うと、歩き始めた。

「気をつけてね、レジェス！　また会いましょう」

細い背中に声をかけるが返事はなく、そのまま道を曲がって姿を消してしまった。だが返事を求めていたわけではないので、リューディアは特に気にしなかった。

「……お嬢様《じょうさま》。そろそろ馬車が」

「あっ、そうね。帰りましょうか」

それまでは近くで見守ってくれていた使用人が声をかけたので、彼女にコップとピッチャーを渡《わた》してリューディアは立ち上がった。

（離宮《りきゅう》のサロンには参加できなかったけれど……こういうのも、結構楽しいわね）

何にしても、レジェスには熱中症《ねっちゅうしょう》にならないよう、気をつけてほしいところだ。

使用人たちと何かを話しながら、リューディアが去って行く気配がする。

角を曲がったところで立ち止まっていたレジェスは壁《かべ》に寄りかかり、リューディアの華《はな》やかな笑い声が遠のいていくのを聞いていた。その頬《ほお》は相変わらずの土気色で血の気のない唇《くちびる》を引き結んでいるため傍《はた》から見るとかなり怖《こわ》い形相になっていたが、灰色の大きな目は少し潤《うる》んでいた。

「……また、があるのですね」

ぼそっとつぶやいたレジェスは、顔を上げた。鼻先までかかっていた長い前髪を鬱陶《うっとう》しそうに掻き上げて、ぽかぽかと照る太陽を憎《にく》らしげににらむ。

太陽は、嫌《きら》いだ。熱いしまぶしいし、日光の下を歩いているだけで体力が削《けず》られる。おまけに闇魔術《やみまじゅつ》はその特性上、晴れの日より曇《くも》りの日や夜の方が効果を発揮しやすい。レジェスとしては、日光なんて大切な薬草たちが枯《か》れない程度に照っていればよいので、一年の大半は曇りでいいとさえ思っている。

そう、先ほど見せてくれた、あの太陽のように暖かくて優《やさ》しい笑顔《えがお》さえあれば……。

「……私のことを覚えていてくださっただけで……私は十分ですよ」

もうここにはいない人に語りかけて、レジェスは歩き出した。

3章　心を通わせて

ある日、リューディアはアスラクと一緒《いっしょ》に父の執務《しつむ》室に向かった。この部屋は子どもたちだけで入室することは許可されていないので、自邸《じてい》の一部ではあるが足を踏み入れるのは少し緊張《きんちょう》した。なお、立ち入り禁止の理由として父は「大事な書類があるから」と言うが、母は「足の踏み場もないくらい汚《きたな》いから」と言っている。

なるほど母の言葉も正しかったのだな、とつい思ってしまうような執務室にて、娘《むすめ》と息子《むすこ》を呼んだシルヴェン伯爵《はくしゃく》が口を開いた。

「リュディ、アスラク。おまえたちに相談したいことがある」

「相談……ですか？」

「ああ。先日私は、レジェス・ケトラ殿《どの》に礼を言うべく魔術棟《とう》を訪問した。そのことは知っているな？」

「はい。先月私たちを助けてくれたことについてのお礼として何か欲《ほっ》するものはないか、とお尋《たず》ねになったのですよね」

リューディアが言うと、父はうなずいた。

「ああ。彼は私怨《しえん》がらみで王女殿下《でんか》を摘発《てきはつ》しただけだと言うが、結果として我々《われわれ》一家は窮《きゅう》地《ち》から脱《だつ》することができた。彼は遠慮《えんりょ》するのだが、言葉だけでは礼を尽《つ》くすことができぬと考えて要望を聞いた」

「レジェス殿は、なんとおっしゃったのですか」

アスラクが興味を引かれた様子で尋ねたため、父はデスクの引き出しから薄《うす》っぺらい木製のケースを出した。リューディアも何度か見たことのあるそれには、シルヴェン伯爵家が雇《やと》っている私有魔術師団に関する書類がまとめられている。

「単刀直入に言うと、今度シルヴェン伯爵領で行われる定期魔物討伐《とうばつ》で、自分を王国魔術師団代表の監督《かんとく》として派遣《はけん》させてほしい、ということだった」

「……えっ？」

リューディアとアスラクは声を被らせ、互《たが》いの顔を見合わせた。

セルミア王国には、二種類の魔術師団が存在する。まずは、現在レジェスたちが所属する王国魔術師団。試験を受けて合格した者のみが就《つ》ける職で、トップは魔術卿《きょう》。彼らは基本的に国に仕えており、国王と魔術卿が相談の上で魔術師たちの任務を決めて割り振《ふ》る、という形になっている。

もう片方は、私有魔術師団。領地を持つ貴族が個人的に抱《かか》えている魔術師たちで、こちらは貴族たちが独自に採用試験を行ったり縁故《えんこ》で入団させたりしている。主に主君の護衛や領地の治安維持《いじ》を行っており、そのあり方は団体ごとに大きく異なる。

そして多くの貴族は、魔物討伐をする際に定期的に私有魔術師団に領地を巡回《じゅんかい》させている。異形の姿を持つ魔物は人間とも動物とも違《ちが》い、人だけでなく動物も攻撃《こうげき》するし畑を荒《あ》らしたり自然を破壊《はかい》したりもする。

世界にあふれる魔力のひずみによって生じるとされる魔物は、出没《しゅつぼつ》したらすぐに叩《たた》き潰《つぶ》さないとどんどん増えて、魔物の巣ができてしまう。大きな巣ができると私有魔術師団ではどうにもできなくなり、王国魔術師団が派遣される。領内に魔物の巣ができるのは貴族たちにとって非常に恥《は》ずかしくて不名誉《ふめいよ》なことで、これにより失脚《しっきゃく》した貴族も少なくはない。

シルヴェン伯爵領も騎士《きし》団だけでなく私有魔術師団を持っており、騎士たちには主に対人間の治安、魔術師たちには対魔物の治安を命じている。魔物討伐作戦は定期的に行われているが、一年に一度は王国魔術師団の代表を監督係にして監査してもらうことになっていた。

「おまえたちも知っているだろうが……これまで伯爵家の私有魔術師団で監督をしていた魔術師は、私が投獄《とうごく》された際に契約《けいやく》解除を申し出てきた。……今になって再契約を申し出てきたが、もちろん了承《りょうしょう》するつもりはない。だから、レジェス殿は現在空席になっているそこに自分を入れてほしいと言っていた」

父の言葉に、そういうことかとリューディアも理解ができた。そもそも前任者は優秀《ゆうしゅう》な炎《ほのお》属性の魔術師だったが、侯爵《こうしゃく》家の縁者《えんじゃ》とかでわりと偉《えら》そうで、鼻持ちならない男だった。

彼はよく、リューディアになれなれしく話しかけてきていて……かと思ったら父の投獄直後に「シルヴェン家なんかと関《かか》われば僕の昇格《しょうかく》に響《ひび》く」とか言って、あちらから契約解除を言い渡してきた。そんな男と再契約なんて、リューディアたちだって御免《ごめん》だ。

「あの、お父様。事情は分かりましたが……それではレジェスへのお礼にはならないのではないですか？」

リューディアが指摘《してき》すると、父はうなずいた。

「ああ、私もそう思った。だがレジェス殿曰《いわ》く、彼が監督になることで闇魔術師の地位向上につながり、彼らにとって有益になるそうなのだ」

この世には、十の魔術属性がある。その中でも珍《めずら》しいのが、光と闇。これらは非魔術師の守護属性としても現れにくく、特に光属性は神からの贈《おく》り物と尊ばれることがあり、魔物に対しても強い威力《いりょく》を発揮する。国によっては光魔術師は王族並みの待遇《たいぐう》を受け、平民だろうと王族の伴侶《はんりょ》に選ばれたりもするそうだ。

だが同じ珍しい属性でも、闇属性は忌避《きひ》される傾向《けいこう》にあった。それは、闇魔術が総じて不気味な雰囲気《ふんいき》だという理由が強いらしく……また、長生きできない闇魔術師が多いこともある。

闇魔術師を「穢《けが》れ」として忌《い》み嫌う国もある中、セルミア王国ではまだそこまで残酷《ざんこく》な差別はされていない。だが……ビルギッタ王女のように闇魔術師に嫌《いや》がらせをする者は身分を問わず存在するし、いくら闇魔術師たちが優秀でも彼らに仕事が割り振られにくいという現状があるのだ、と父は語った。

現に、セルミア王国に常時三人存在する魔術卿だが、闇魔術師だけは数百年の王国史上で一人もなったことがないという。そういうこともあり、闇魔術師たちも王国魔術師団には存在するがあまり活躍《かつやく》の場を与《あた》えられないそうだ。

（なるほどね。私たちが彼を私有魔術師団の監督として迎《むか》えることで、今後闇魔術師たちの活動の幅《はば》が広がる、と……）

それなら確かに、レジェスへの「お礼」になるのかもしれない。

「そういうことで、レジェス殿を監督に据《す》えて、今度伯爵領で行う魔物討伐に行ってもらうのだが……それにリュディとアスラクを同行させたい」

「私もですか？」

跡継《あとつ》ぎであるアスラクはまだしも、リューディアが行ってもあまり力にはなれないのではないか。

そう思ったが、父はうなずいた。

「ああ。あいにく私は多忙《たぼう》で領地に出向けないが、監督の入る定期魔物討伐作戦には伯爵家の誰《だれ》かが付かなければならない。リュディならこれまでにも私有魔術師《まじゅつし》団の者たちと関わってきているし、アスラクの面倒《めんどう》も見てくれるだろう。無論、おまえも多忙ということなら無理は言わない。なんとか予定を調整するが……」

「いえ。私も闇《やみ》魔術師に興味がありましたので、喜んで同行いたします」

リューディアはすぐに答えた。その答えの内容は今思いついたものだが、その場しのぎの嘘《うそ》というわけではない。

（レジェスが、どういうふうに仕事をするのか。それから、忌み嫌う人が多いという闇魔術師がどんな戦い方をするのか。見てみたいわ）

そういうことで、リューディアとアスラクが定期魔物討伐作戦に向かうことになったのだった。

定期魔物討伐作戦に出向くべく、リューディアとアスラクは馬車に乗って王都を発《た》ち、シルヴェン伯爵領に向かった。彼らと同じく王都から任地まで行くレジェスだが、彼とは現地で合流することになっている。

「なんだかわくわくするね、姉上！」

リューディアの隣《となり》で馬車に揺《ゆ》られているアスラクは、はしゃいだ声を上げている。その目はきらきら輝《かがや》いており、ふんふんと鼻息も荒《あら》い。

「アスラク、これまではお父様やお母様同伴《どうはん》でしか領地に行ったことがなかったものね」

「僕ももう十五歳だっていうのに、父上も母上も過保護なんだよ！　でも姉上はちょっとくらいのことなら目をつむってくれるし、僕ものびのびとできるよ！」

アスラクが調子よく言ったので苦笑《くしょう》しつつも、リューディアは身をかがめて「アスラク」と弟に呼びかけた。

「機《き》嫌《げん》がいいのは何よりだし、ほどほどにはしゃぐのも悪いことではないわ。でも私たちはお仕事として領地に行くのだということを、忘れてはだめよ」

「うん、分かっているよ。私有魔術師団の皆《みんな》もいるんだし仕事中はきちんとして、のびのびするのは休憩《きゅうけい》時間だけにするよ」

アスラクはきりっとして言った。来年には十六歳の成人を迎える弟は、黙《だま》って座っていればかなりの人に好印象を与える。だが口を開けばいろいろ残念だし、野放しにすると変なものを拾ってきたりする。

両親がアスラクを一人にさせない理由を、本人は「過保護」だからだと言っているが、実際は息子《むすこ》を放置するととんでもないことになるからなのだ。

アスラク本人は、頑《がん》として信じていないが。

馬車でのんびりと進むこと、数日。リューディアたちは、シルヴェン伯爵領にある中継《ちゅうけい》都市に到着《とうちゃく》した。

「ようこそいらっしゃいました、リューディア様、アスラク様」

「此度《こたび》は我々《われわれ》の魔物討伐《とうばつ》作戦に同行いただくということで、感謝いたします」

馬車を降りたリューディアたちを迎えたのは、二十名の魔術師たち。私有魔術師団員としてシルヴェン伯爵家に仕える彼らの中には老いも若きも男も女もいるが、皆《みな》おそろいの臙脂色《えんじいろ》のローブを着ている。その背中に刺繍《ししゅう》された紋章《もんしょう》は、シルヴェン伯爵家の家紋《かもん》だ。

……そんな彼らとは少し距離《きょり》を置いたところに、黒い影《かげ》があった。臙脂の中の黒ローブは色合い的にもかなり目立つし、彼自身背が高めでもさっとしたシルエットなので余計にその異質な存在が際立《きわだ》っていた。

「皆、出迎《でむか》えありがとう。今回は王国魔術師団のレジェス・ケトラ殿《どの》を監督《かんとく》として作戦に赴《おもむ》く。皆、レジェス殿とよく協力してくれ」

代表してアスラクが、朗々と挨拶《あいさつ》をする。

（あらあら……アスラクったら、立派に挨拶をして）

自邸《じてい》では変な生き物を部屋に持ち込んだり「いいことを思いついた！」と言ってはろくでもないことばかりしたりする弟の成長を感じ、リューディアはほろりとした。

魔術師たちが動き始めたので、リューディアは所在なさそうに立っていたレジェスのもとに向かった。

「こんにちは、レジェス。今日は体調、いいかしら？」

「……ごきげんよう、リューディア嬢《じょう》。体調は……いつも通りです」

「そうなの？　ここ数日は曇《くも》りそうだから、あなたも元気に活動できればいいわね」

リューディアが笑顔《えがお》で言うと、レジェスは鼻の横の筋肉を小さくひくつかせて視線を逸《そ》らした。

「……。……ここからは私のことは、ただの駒《こま》として扱《あつか》ってください」

「お断りするわ」

「……」

「私は、私有魔術師団員だろうと使用人だろうと、駒として扱うつもりはない。私は、魔物討伐作戦において行動を共にする仲間として扱うつもり。それは、あなたに対しても私有魔術師団員に対しても、同じよ」

リューディアがはっきりと言うと、レジェスはぎょろ目を大きく見開いた。だがすぐに顔を背《そむ》けると、少し離《はな》れたところにいた私有魔術師団たちの方に行ってしまった。

（正直、彼が皆とうまくやっていけるか、心配だけど……変に気を遣《つか》わない方がいいわよね）

うん、とうなずき、リューディアはアスラクのもとに向かった。

伯爵《はくしゃく》家代表の姉弟《きょうだい》と私有魔術師団員、そして監督係のレジェスが合流したことで、一行は魔物討伐作戦を行うことになった。

非戦闘員《せんとう》であるリューディアとアスラクは馬車に乗り、その周りを騎乗《きじょう》した私有魔術師団員たちが固める。なお、レジェスは「私は馬に乗れません」とはっきりと言い、何やら黒いもくもくとしたものの上に乗って移動していた。馬に乗る魔術師たちとほぼ視線の高さが一致《いっち》するくらいの位置をふよふよと移動するそれは、レジェスが闇魔術で生み出したものらしい。

「……すごい。ねえ、姉上。あれ、お願いしたら触《さわ》らせてくれるかなぁ……？　ちょっともみもみしてみたいなぁ……」

「今はお仕事中でしょう。やめておきなさい」

……好奇心旺盛《こうきしんおうせい》なアスラクをなだめつつも、リューディアもあのもくもくに触《ふ》れて――あわよくば乗ってみたいとは思っていた。

だが、物見遊山《ものみゆさん》気分でいられるのも最初のみ。私有魔術師団長が「お二人は、ここでお待ちください」と言って馬車が止まり、魔術師たちは馬から下りた。

（お父様からいただいた資料によると、このあたりでよく魔物が出没《しゅつぼつ》するそうね……）

地図とあたりの景色を見比べていたリューディアは、つばを呑《の》んだ。伯爵領の魔術師たちは優秀《ゆうしゅう》なので、幸いこれまでに魔物の巣まで被害《ひがい》が発達したことはない。だが、気を抜《ぬ》けば魔物はすぐに増えて――それが厄災《やくさい》級のものになると、レジェスは「シルヴェン伯爵領にて、魔物の巣発生」と、王国魔術師団に報告せざるをえない。

「では、我々はあちらでおびき寄せます。レジェス殿は、こちらでお待ちください」

「……ええ」

監督係であるレジェスをリューディアたちの馬車の近くに残して私有魔術師団員たちが移動して、香《こう》のようなものを焚《た》く。あれは魔物討伐で使われる道具で、あの香炉《こうろ》から出てくる匂《にお》いで魔物を呼び寄せるのだ。

しばらくして――ギャアッ、と耳障《みみざわ》りな音が響《ひび》き、リューディアははっとして窓の外を見やる。

「魔物だわ……！」

今回香で誘《さそ》い出された魔物は、大きな翼《つばさ》を持っていた。魔物にもいろいろな種類があるが、どろっとしたゼリー状のものなどはっきりした姿を持たないものは弱く、何らかの動物に似た形のものは強いという傾向《けいこう》がある。

「今回のは……鳥形だね。でも、小さいからきっと大丈夫《だいじょうぶ》だよね……」

アスラクが、緊張《きんちょう》を孕《はら》んだ声でつぶやく。リューディアもアスラクも魔物を見るのはこれが初めてではないし弱小個体なので今すぐ命の危険を感じるほどではないが……馬車の中にはぴりっとした警戒《けいかい》の糸が張り巡《めぐ》らされている。

すぐに魔術師たちが動き、炎《ほのお》や氷など、自分の得意とする魔術《まじゅつ》で魔物に挑《いど》みかかる。現れたのは漆黒《しっこく》の体を持つ飛行型の魔物が五体で、金属がこすれるような不快な鳴き声を上げながら空を飛び、口から黒い塊《かたまり》を吐《は》き出している。

黒い塊は自らが意識を持っているかのように地を這《は》って魔術師たちに襲《おそ》いかかるが、彼らは難なくそれらを魔術で消し去り、本体への攻撃《こうげき》を仕かける。すぐに空を切る鋭《するど》い風刃《ふうじん》によって一体が撃墜《げきつい》され、落ちたところを炎《ほのお》魔術で焼き払《はら》われた。

リューディアたちが見ている間に、二体目、三体目、とどんどん落とされ、魔術で跡形《あとかた》もなく消し去られた。魔物が消えた後の地面にはしばらくの間黒い染《し》みが残っていたが、間もなく消えた。魔物は動植物と違《ちが》い、死体を残さないのだ。

すぐに五体目の魔物も消し去られ、魔術師たちは周囲の確認《かくにん》をするべく散っていった。

（レジェスから見て、うちの魔術師たちの動きはどうかしら……）

「レジェス。監督として今の様子を見ていて、どうだった？」

窓を開けて尋《たず》ねると、もくもくに座ってこちらに背を向けていたレジェスが振《ふ》り返ろうとしたが途中《とちゅう》でまた顔を背けた。

「……悪くないですね。統率《とうそつ》がとれているし、お互《たが》いの魔術属性や得意分野をよく理解して動いています。二十人が二人、もしくは三人で一組になって動くようにしており、絶対に一人にはならない。そうすることで魔物討伐の効率化を図《はか》るだけでなく、味方に負傷者が出にくくしているのですね。仲間意識が強く感じられるので、よいことだと思います」

「……そう」

……正直、少し驚《おどろ》いていた。レジェスはこれまでの戦闘をただ眺《なが》めるだけでなく、私有魔術師団員たちがどのように動いているのか、組織としてどんな方向性を持っているのかを的確に見抜《みぬ》いていた。

（それに……うちの団員たちが評価されると、ちょっと嬉《うれ》しい）

リューディアは、ふふっと笑い声を漏《も》らした。だからか、レジェスは怪訝《けげん》そうに振り返り――そして、灰色のまなざしをぎっときつくした。

「……はぐれか」

「えっ？」

「リューディア嬢、お下がりください。アスラク様、ドアを閉めて姉君とくっついていてください！」

「レジェス!?」

いきなり指示を出されてわけが分からないものの従うと、馬車の横をふいっと黒いもくもくが通り過ぎていった。窓から見えるレジェスがもくもくに乗って向かう先には――先ほどの五体の魔物を一回り大きくしたかのような、黒い影が。

（大きい……！）

リューディアが息を呑み、異変に気づいたらしい私有魔術師団たちも動き始める――だが、レジェスの方が圧倒的《あっとうてき》に早かった。

乗っていたもくもくがさっと消え、レジェスが細い両足で危なげなく地面に降り立つ。彼は黒いローブを翻《ひるがえ》しながら、目の前に横線を引くかのように右腕《みぎうで》をすっと真横に伸《の》ばした。

――刹那《せつな》、飛来する魔物が地面に映し出す影に重なるように、どろっとした闇《やみ》の塊が噴《ふ》き出した。夜空よりも濃《こ》く、ねばっこい液体のような光沢《こうたく》を放つそれは、まるで意思を持っているかのようにうごめき――レジェスの腕の動きに合わせて上空に飛び上がると、真上を飛んでいた魔物に絡《から》みつき、地面に引きずり落とした。

魔物はグギャア、と叫《さけ》ぶが一瞬《いっしゅん》で闇の塊がその体にまとわりつき、どろりとした黒い液体の中に取り込んでしまった。すぐに悲鳴は聞こえなくなり、闇もしゅるしゅると小さくなって消えていった。

リューディアもアスラクも、何も言えなかった。時間にして、十五秒足らず。たったそれだけの間に目の前で起きた出来事に、言葉を奪《うば》われていた。

（今のが、闇魔術……）

リューディアは、弟の手をぎゅっと握《にぎ》った。

彼女が子どもの頃《ころ》に知り合った闇魔術師の少年が使う魔術とは、全然違う。少年が使っていたのは同じ闇魔術でもあんなにてらてらしていなくて、リューディアをびっくりさせて転ばせたりするくらいのかわいらしいものだった。

「……リューディア様、アスラク様！　ご無事ですか！」

野太い声が聞こえてきたのではっとしたアスラクがドアを開けると、真っ青な顔の私有魔術師団長が駆《か》けてきたところだった。

「私たちは大丈夫よ。皆《みんな》も、けが人はいない？」

「はい、お気遣《きづか》いに感謝します。……ああ、レジェス殿《どの》。申し訳ない、貴殿《きでん》のお力をお借りして……」

そう言う彼が向いた先には、徒歩でこちらに帰ってきていたレジェスの姿が。ローブのポケットに両手を入れてゆら揺《ゆ》れながら歩いてくるレジェスは、薄《うす》い笑《え》みを浮《う》かべていた。

「クク……いえ、お気になさらず。むしろ、本来ならばあなた方が討伐《とうばつ》するべき魔物を私が倒《たお》し、手柄《てがら》を横取りしてしまったのですからね……失礼しました」

「いや、貴殿の働きがあったからこそ、リューディア様たちがご無事でいらっしゃったのだ。感謝する」

団長が言ったことで、遅《おく》れて駆けつけてきた他《ほか》の魔術師たちもそろってお辞儀《じぎ》をした。彼らを見るレジェスの灰色の目に、わずかな動揺《どうよう》の色が見られたが——彼はクツクツ笑い、ゆっくりと手を振った。

「そういうの、結構です。それに……やはり、魔物を潰《つぶ》すのはとても楽しかったですよ。闇魔術を得意とする魔物が、それを上回る私の闇魔術の前に屈《くっ》する。……ククク、なんとも滑稽《こっけい》ではないですか」

そう楽しそうに笑うレジェスを、団長たちはしばらくの間困ったように見ていた。だが、馬車から降りたアスラクがパン、と手を打って皆《みな》の注目を集める。

「皆、それぞれの働きに感謝する。……では、団長。次の指示を」

アスラクが跡取《あとと》り息子《むすこ》らしく促《うなが》すと、団長は「次の地域に参ります」と言って皆に移動を命じた。

その後、魔術師たちは各地域を回り、香《こう》を使って魔物をおびき寄せて討伐する、を繰《く》り返した。戦闘《せんとう》するのは私有魔術師団員たちのみで、あのはぐれの魔物を倒してからはレジェスが戦闘に参加することはなく、もくもくに座ってじっと皆の働きを見ていた。

（もう、百体以上倒しているわよね……）

リューディアには正確な数字は分からないがかなりの数を討伐しているし、空を飛んでくるものや地面から出てくるもの、ぶるぶる震《ふる》えながら分裂《ぶんれつ》するものなどいろいろなタイプの魔物が見られた。それぞれに適した倒し方で討伐する皆は、きっと身体面でも精神面でも疲労《ひろう》しているだろう。

「団長。今日の予定が終わるまでどれくらいかかるかな」

皆が一旦戻《いったんもど》ってきたところでアスラクが問うと、馬の鞍《くら》の鞄《かばん》から予定表を出した団長がそれを見ながら目を細めた。

「そうですね……今、全体の三分の二が終わったところです。工程としては若干《じゃっかん》早めに進んでいる感じですね。すぐに次の場所に移動します」

「あの。……皆、戦闘続きで疲《つか》れていない？」

おずおずとリューディアが挙手すると、皆が一斉《いっせい》にこちらを見てきた。伯爵令嬢《はくしゃくれいじょう》として人に見られることには慣れているが、自分の意見を言うときにはやはりそれなりに緊張《きんちょう》する。

（私たちと違って皆は馬に乗って移動して、戦って、ちょっと水を飲んで……の繰り返しだし。きっととても疲れているわよね……）

「皆、魔物討伐でかなりの魔力を使ったし移動も大変でしょう。日程には支障はないでしょうし、しばし休憩《きゅうけい》してはどうかしら」

「……リューディア様のご配慮《はいりょ》に感謝いたします」

私有魔術師団長が恭《うやうや》しく頭を下げ、皆に向き直る。

「では、リューディア様のご厚意《こうい》に感謝して、一時休憩を――」

「……賛同しかねますね」

そう冷たい声で割り込んだのは、レジェスだった。いつも浮かべているうさんくさい笑みを引っ込めた彼は細い腕を組み、リューディアをじっと見つめている。

「あの魔物《まもの》寄せの香の匂《にお》いは、地面や空気には染《し》みこみにくいが衣類には付着しやすい特《とく》徴《ちょう》があります。だから香を使った後はその場所に留まるより、さっさと移動した方が魔物討伐の効率がいいのですよ」

「……そ、そうなの……？」

初耳の情報にリューディアが戸惑《とまど》っていると、レジェスはうなずいて団長を見やった。

「……非魔術師のリューディア嬢はともかく、あなたはそのことも知っているでしょう？　伯爵令嬢の厚意に応《こた》えたい気持ちもすごく……ではなくてまあ分かりますが、ときには申し出を却下《きゃっか》することも必要かと」

自分より年下のレジェスに諭《さと》されたからか、団長は少し怪訝《けげん》そうな顔になった。だが彼は自分をじっと見るリューディアの視線に気づくと気まずそうにうなずき、そしてレジェスに向かって頭を下げた。

「……あなたのおっしゃるとおりだ。ご指摘《してき》に、感謝する。このまま当初の予定通り、巡《じゅん》回《かい》を続ける」

「ええ、そうしてください。何事も効率的、無駄《むだ》がないのが一番ですからね」

レジェスはそう言うと指を振《ふ》り、あの黒いもくもくを呼び出して乗り込んだ。魔術師たちも団長の号令を受けて馬に乗り、リューディアたちの馬車も動き出す。

馬車の中は、しばらくの間沈黙《ちんもく》が流れていた。

「……その、姉上」

「うん？」

「あの、さ。僕はレジェス殿じゃないから、彼の気持ちを代弁するのはおかしいって分かってるけど……でもさ」

「いいわよ、アスラク。……あなたの言うとおりあなたはレジェスじゃないのだから、無理に言葉を作らなくていいわよ」

リューディアは笑顔で言い、弟の気遣いに応じた。

きっとアスラクは……「レジェス殿は、姉上の厚意をきちんと理解されているはずだ」といったことを口にしようとしたのだろう。無知な自分の申し出を非効率ゆえに却下されて、リューディアが落ち込んでいるのだろうと思って。

確かに素人《しろうと》なのに口を出したことは恥《は》ずかしかったし、全く落ち込まないほどリューディアは図太くも前向きでもない。

（でも……ああ言ってくれてよかった、って思う）

非効率を知っていてあえてリューディアの提案に乗ろうとした団長には悪気がないし、レジェスだってリューディアを傷つけるために反対したわけでもない。だが、彼が指摘しなければ……せっかくレジェスを監督《かんとく》にした魔物討伐作戦が「非効率的だった」で終わってしまうかもしれなかった。

レジェスは、リューディアの間違《まちが》いをきちんと指摘してくれた。伯爵令嬢だから全《すべ》ての言葉を受け取るのではなくて……「リューディア」という一人の人間の過《あやま》ちを、きちんと見つけてくれたのだ。

（彼のおかげで、私はこの遠征《えんせい》を失敗に終わらせなくて済んだわ）

リューディアは、窓の外を見やった。

もくもくに乗るレジェスは前を向いているが……その横顔がなぜか少しだけ素敵《すてき》だ、とリューディアには思えた。


目的エリアの巡回は夕方に終わり、一行は本日の宿泊《しゅくはく》先であるシルヴェン伯爵家所有の別荘《べっそう》の一つに向かった。

この別荘は元々こういった任務の際に私有魔術師団員や私兵たちが休憩するために使われているので、二十人もの魔術師たちが寝泊《ねと》まりできるだけの十分な部屋があった。さすがに多くの者は相部屋だったが、団長の他レジェスだけは個室を与《あた》えられていた。

また伯爵家の姉弟《きょうだい》であるリューディアとアスラクは、魔術師たちが寝泊まりする棟《むね》とは渡《わた》り廊下《ろうか》でつながった先にある別の棟で一晩過ごすことになっている。部屋も風呂《ふろ》も食堂も皆《みな》で使うあちらの棟と違い、こちらの棟は立派なリビングや個人用バスルームがあり、ほとんど使わないものの遊戯《ゆうぎ》室や書斎《しょさい》もある。食事のメニューも、こちらの方がずっと立派らしい。

「お嬢様も、お疲れでございましょう」

「今日はゆっくりお休みくださいね」

「ええ、ありがとう」

伯爵邸《てい》から連れてきて日中はここで待機していた使用人たちに、リューディアは微笑《ほほえ》みを向けた。彼女らは一日中外出していたのでぱさぱさになっていたリューディアの髪《かみ》を丁《てい》寧《ねい》に洗い、香油で保湿《ほしつ》し、ふわっとした暖かい部屋着に着替《きが》えさせてくれた。

（お父様やお母様のいないところで寝泊まりするのも、久しぶりね）

社交シーズンは王都の屋敷《やしき》、それ以外は領地の屋敷で暮らしている未婚《みこん》の令嬢なので、よほどのことがない限り親のいない場所で泊まったりはしない。

（これが遊びだったら、わくわくしたところだけれど……さすがに疲れたわね）

魔術師たちの前で「疲れた」と言うのは申し訳ないと思いずっと平気な顔をしていたが、長時間馬車に揺《ゆ》られていたので体が痛い。皆と明日の打ち合わせだけしたら、すぐに寝るようにしよう。

そうしてリューディアは別棟にいる団長たちと打ち合わせをしてから戻《もど》ってきて、廊下をぐるりと回って部屋に戻ろうとしたのだが。

（……これは、アスラクの声？）

ふと、廊下の向こうから少年のはしゃいだ声が聞こえてきた。この先にあるのはリューディアとアスラクの部屋だけなので、彼がご機嫌《きげん》な様子でおしゃべりをする相手がいるとは思えない。

（使用人と立ち話をしているのなら、仕事の邪魔《じゃま》をしてはいけないし止めないと……）

そう思って、廊下の角を曲がったリューディアは――

「いやいや、ですからちょーっとだけ、ちょっとだけでいいですから！」

「はぁ。私の魔術は、そういう目的のためにあるのではないんですがねぇ……」

なぜか、アスラクがレジェスと会話をする姿を見つけた。

（……えっ？　何やっているの？）

どう見てもレジェスの方は嫌《いや》そうな態度なのに、アスラクの方は目を輝《かがや》かせてレジェスにぐいぐい迫《せま》っていた。彼が迫った分だけレジェスは後退しているので、二人の距離《きょり》は変わらないままだが。

「えっ……やっぱり、減るものですかね？　僕がもみもみしたら、レジェス殿《どの》がすっごく疲《つか》れちゃうとかですか？」

「いや、そういうわけではありませんがとにかく、お断りします」

「えぇぇ……ちょっとだけでもだめなんですかぁ」

「だめなものはだめです。……はぁ。そろそろ帰りたいんですが」

「そこをなんとか！　って……姉上！」

「えっ……？」

レジェスの肩越《かたご》しに姉を見つけたらしいアスラクがぱっと顔を明るくして、レジェスも弾《はじ》かれたように振り返った。その頰《ほお》がふわっと赤みを帯び、薄《うす》い唇《くちびる》から「あ」「え」とつっかえたような声が上がる。

「……アスラク。あなた、廊下の真ん中で何をやっているの」

「ほら、昼間に話したじゃない、レジェス殿のもくもく。あれを触《さわ》らせてくださいってお願いしていたんだよ！」

「でも、だめって言われたでしょう？　それなら諦《あきら》めなさい。レジェスを困らせるんじゃないの」

「えええ……あっ、それじゃあ、あの超《ちょう》格好いい闇《やみ》魔術について教えてくださいよ！　ほらほら、あんな大きな魔物をぐしゃあっ！　ってやっちゃったやつ！　あれを見て僕、ドキドキが収まらなくて……」

「はいはい、レジェスが困っているからもうやめるの。部屋に戻りなさい」

アスラクは攻《せ》め方を変えたようだがレジェスの体がぐらぐらし始めたので、リューディアは弟の暴走を止めることにした。

アスラクは「はーい！」と案外あっさり諦め、「姉上、レジェス殿、おやすみ！」とご機嫌に去って行った。アスラクは一度興味を持ったものにはしつこいくらい関心を寄せるが、案外ぴしっと言えばあっさり引くたちなのだ。

アスラクが去ってもなお、レジェスはその場に突《つ》っ立ってふらふらしていた。彼は繊細《せんさい》そうなので、アスラクのように圧の強い者と話をして疲れたのかもしれない。

「レジェス、ごめんなさい。弟が迷惑《めいわく》をかけて……」

「め、迷惑というわけではございません。ええと、その、いきなり話しかけられて驚《おどろ》きましたが……その、あなたの弟君ですし、悪い人ではないと分かっているので……だから、えっと、平気です」

「それならよかったわ」

先ほど気だるそうにアスラクをあしらっていたときとは全然違い、言い淀《よど》んだり詰《つ》まったりしながら答えた後に、レジェスはもじもじと細い指先をすりあわせた。

「ええと……闇魔術をねだられて断ったのも、その、悪い意味ではないんです。ですが、ええと……ほら、闇魔術って不気味ですし……あまり、ああいうことを言われたことがなくて……」

「まあ、そうなのね。……実は私もあのもくもく、乗ってみたいなぁって思っていて」

「……えっ……ええっ？」

「やっぱりだめよね？」

「あなたならいつでも乗せ——い、いいえ、なんでもありませんっ」

ゴホゴホと咳払《せきばら》いをした後に、レジェスはおずおずと申し出た。

「……そ、その。アスラク様はいろいろな意味で少々不安だったのですが……あなたになら ちょっとだけ、触っていただいても……あの、いいです……」

「まあ、いいの？　アスラクがすねてしまいそうだわ」

「……あの、ちょっとだけですので」

「ふふ、ありがとう」

思ってもいなかったことなのでリューディアが喜んで手を差し出すと、レジェスは自分から申し出たくせに少し戸惑《とまど》った後に、ぽんっと手の中にこぶし大の大きさの黒いもくもくを出した。まさに、今日見たあの大きなもくもくのミニチュア版だ。

「かわいい……」

「そ、そうですか？　……ええと、その、このあたりをどうぞ」

「ええ、失礼します」

わくわくしながら握《にぎ》ってみると……意外と温かくて、手触《てざわ》りがよかった。外の方は柔《やわ》らかくて指先が沈《しず》むが、中の方は案外しっかりしている。昔、屋敷の厨房《ちゅうぼう》に遊びに行った際にコックがこっそり作業を手伝わせてくれた、成形途中《とちゅう》のパンがこんな手触りだった気がする。

（なるほど。レジェスはこの、しっかりしている部分に座っていたのね……）

感心しながらしばらくもみもみしていると、レジェスはふいにもくもくを消してしまった。どうやらサービスはここまでのようだ。

「……もういいですよね？」

「ええ、ありがとう。見た目もかわいいし手触りもいいしで、やみつきになってしまいそうだったわ」

「んぐっ……そ、そうですか……そうですか？」

レジェスは、目に見えてそわそわし始めた。なぜか分からないが土気色の頬がほんのり赤いが、健康的な肌《はだ》の色に見えるので大変よろしいことだ。

「……あら、そうだわ」

ついもくもくに熱中してしまったが、そういえば、と思い至った。

「あなた、どうしてこっちの棟《むね》に来ていたの？」

「ぴっ⁉」

「ああ、いえ、責めたいわけじゃないわ。こっちには私たちの部屋しかないし……だとしたら何か私たちに用事でもあるのかと思って。今日のうちに聞いた方がいいことなら、話を聞くわよ？」

なんといっても彼は、王国魔術師団から派遣《はけん》された監督《かんとく》係だ。もし今日の任務で気になることなどがあるのなら、明日に持ち越《こ》さずに今報告を聞きたいところだ。

そう思って尋《たず》ねたのだが、レジェスは酸《す》っぱいものでも食べたかのように口をすぼめ、ぷるぷる震《ふる》えている。

「……あの、レジェス？」

「……しっ」

「し？」

「……失礼しましたぁーっ！」

ひっくり返った声で叫《さけ》んだレジェスが、脱兎《だっと》のごとく去って行った。廊下《ろうか》の途中で使用人とぶつかりそうになったのか、「きゃあっ⁉」「今の黒いの、何⁉」と女性が叫ぶ声が聞こえてきた。

その場に残されたリューディアは腕《うで》を組み、首をひねった。

ただ質問しただけなのに逃《に》げられてしまったが、レジェスは一体何の用事でここに来ていたのだろうか。

(急ぎの用事ではない、ということでいいのかしら？　それじゃあ一応、明日顔を合わせたときに……あら？)

(……えーっと？)

部屋に戻《もど》ったリューディアは、ドアの前に何かが落ちていることに気づいた。それは目の粗《あら》い麻《あさ》で作られたぼろの袋《ふくろ》で、指先でつまみ上げるとふんわりとよい香《かお》りがした。

「これは……」

(あっ、これって確か、安眠《あんみん》効果のある薬草だわ！)

ポプリとして使ってもいいし、新鮮《しんせん》なものなら紅茶などに入れても効果がある。袋の紐《ひも》を緩《ゆる》めて中を見てみると、摘《つ》んで間もないらしい新鮮な薬草が押し込められていた。

この薬草はセルミア王国の平地に自生しているポピュラーなものだが、発見するのが難しい。このすっとするような甘い香りは茎《くき》や葉を千切ったときのみ香るので、生えているだけだとその他《ほか》の雑草に紛《まぎ》れてしまうのだ。

そんな見分けが難しい薬草が、新鮮な状態で袋に入っている。明らかにリューディアのものではないし……先ほど部屋を出たときには間違《まちが》いなく、これはなかった。

（そういえばさっきアスラクと話しているときのレジェスは、私の部屋の方に立っていたわ）

つまり彼は……リューディアたちの部屋のある方から渡《わた》り廊下の方に向かう際に、アスラクと鉢合《はちあ》わせをして捕《つか》まってしまったのだ。薬草が好きで、自ら薬草園の手入れをするくらいの彼なら野に生えているこの薬草を見つけることくらい、難しくないだろう。

（レジェス……）

リューディアはぼろの袋をそっと胸元《むなもと》に寄せ、目を閉《と》ざした。

リューディアは枕《まくら》や布《ふ》団《とん》の種類が変わるとなかなか寝付《ねつ》けないたちなのだが、翌朝の目覚めはとてもすっきりしていた。

「あっ」

「あ……」

「ちょっと待って、レジェス」

朝食の後でレジェスの様子を見に行こうと思い魔術師《まじゅつし》たちの棟に向かったのだが、ちょうどよく渡り廊下を渡った先で目当ての人を見つけた。だが彼はリューディアを見るなり回れ右をしようとしたので、急いで声をかける。

律儀《りちぎ》に立ち止まって振《ふ》り返ったレジェスに追いつき、リューディアは彼の土気色の顔を見上げた。彼はぷるぷると小刻みに震えているし思いっきり視線も逸《そ》らしているが、逃げる気はないようだ。

「ねえ、昨夜私の部屋の前に小さな袋があったのだけれど……誰《だれ》のものか、レジェスは知らない？」

なんとなく、「その袋はレジェスがくれたのでしょう」と言うと否定されそうだと思ったので遠回しに尋ねると、ゆっくりとリューディアを見たレジェスはクツクツと笑い始めた。

「ククク……何のことでしょうかね？　使用人あたりの落とし物ではないですか？」

「そうなのかしらねぇ。とってもいい香りの薬草が入っていて、ありがたく使わせてもらったのだけれど、悪いことをしたかしら……」

「まさか。……あ、いえ、その……あなたに使ってもらえるなら、薬草も本望《ほんもう》だと思います……はい」

もじもじしながらレジェスが言い――彼が少し身じろぎしたときに、ふわっと爽《さわ》やかな香りが漂《ただよ》った。それは今リューディアが纏《まと》っているものと同じ、心が安らぐような香りで――

（私たち、匂《にお》いがおそろいね）

つい口を衝《つ》いてそんな言葉が出そうになったが、そんなことを言ってもレジェスを困らせるだけだと思い、やめておいた。

「それならよかったわ。それじゃあ、また後で。今日もよろしくね」

「……ええ」

レジェスの気持ちが分かりひとまず目的は達成できたため、リューディアはくるりときびすを返してレジェスに背を向けた。

「ありがとう」

リューディアはささやき、渡り廊下を戻った。

ふわり、と優《やさ》しい香りが漂った。

リューディアの足音が完全に遠のいてから、レジェスは薄《うす》い肉と胸骨の向こうで激しく拍動《はくどう》する心臓部分に手をかざした。

……昨日、レジェスはリューディアに申し訳ないことをしてしまった。彼女は伯爵令《はくしゃくれい》嬢《じょう》として、疲《つか》れた部下たちをいたわろうという優しい配慮《はいりょ》ゆえに休憩《きゅうけい》を提案したというのに——レジェスはその提案を却下《きゃっか》した。

自分の主張に筋が通っていることは、レジェスも分かっていた。効率よく魔物討伐《とうばつ》をするには、短時間であちこち回った方がいい。それに、休憩を挟《はさ》むことで魔術師たちの士気が下がる可能性も十分にある。伯爵家私有魔術師団はなかなか統率《とうそつ》がとれているし練度も十分に見られるから、下手に休憩をするより一息のうちにやるべきことを終わらせる方がいい、とレジェスは判断したのだ。

それに……あの香《こう》の匂いは強力なので、リューディアも少なからず浴びているはず。そうすると、一カ所に長く留《とど》まれば留まるほど魔物に襲《おそ》われる可能性が高くなり……非戦闘《せんとう》員のリューディアの身を危険にさらすことになる。彼女やアスラクの安全のためには、ああ言うしかなかった。

自分の指摘《してき》は、間違っていない。間違っていないのだが……リューディアの優しさを無下にしたのだと思うと、胸が痛んだ。

あの場では私有魔術師団長をたしなめたが、レジェスだってリューディアの気遣《きづか》いに応《こた》えたかった。だが、監督《かんとく》という自分の立場を考えると、そうすることはできなくて……きっと、リューディアを傷つけた。

だから、何かリューディアへの償《つぐな》いがしたかった。それにきっと彼女は慣れない馬車旅で、疲れているだろう。レジェスにできることは少ないが、せめて夜ぐっすり眠《ねむ》れたら……と思い、彼は夕方の自由時間に宿泊場所《しゅくはくばしょ》を離《はな》れ、薬草の採取に向かった。

城にある薬草園と違いどこに何が生えているのかちっとも分からないが、子どもの頃《ころ》には食用の草を千切って食べて飢《う》えをしのいだこともあり、レジェスは見ただけでその薬草の種類や効能がすぐに分かった。だから初冬の太陽が沈《しず》みきる前に目当ての薬草を発見して持ち帰り、手持ちの袋に詰《つ》めた。

……本当はリューディアに贈《おく》るのにふさわしいかわいらしくて清潔感のある袋を準備したかったのだが、あいにくそこまでの手持ちはないし、別荘《べっそう》の使用人たちからもらう勇気もなかった。

そうして作った薬草入りの袋を手に、びくびくしながら渡り廊下を駆《か》け抜《ぬ》けた。自分なんかが贈り物をしても困らせるだけだろうから、匿名《とくめい》で差し入れをするつもりだった。そしてリューディアの部屋の前に置いて、任務達成——したと思ったらアスラクに捕まり、しかもリューディアも帰ってきてしまった。

リューディアがアスラクと同じようなノリで、レジェスの闇《やみ》魔術の結晶《けっしょう》に触《ふ》れたい、と言ったときはかなり焦《あせ》った。もちろん害のあるものではないので触れられること自体には問題はないのだが……これまで「不気味」と言われてきたあの塊《かたまり》に積極的に触れたがるなんて初めてのことで、姉弟《きょうだい》の物怖《ものお》じしない好奇心《こうきしん》の強さに面食《めんく》らってしまった。

しかもいざ触れた彼女の感想は、「かわいい」と「手触《てざわ》りもいい」、おまけに「やみつきになってしまいそう」。やみつきとは一体何なんだ、また触《さわ》らせてくれと言い出すのだろうか、とレジェスは混乱しそうになった。

とにかく、闇魔術に夢中になってくれたのなら、レジェスがあの辺りをうろついている理由を問われないだろうから都合がよかったのだが……残念ながらリューディアは思い出したように、レジェスが廊下《ろうか》にいる理由について尋《たず》ねてきた。

リューディアのあのきれいな目で見つめられると無性《むしょう》に緊張《きんちょう》してしまい、自分がとんでもない悪事を働いているかのような気持ちになり……その場から逃《に》げ出してしまった。部屋に逃げ帰ってから後悔《こうかい》しても、遅《おそ》い。あの薬草も捨てられたに違いない、と思っていた。

それなのに、先ほど顔を合わせたリューディアから聞くに、彼女はきちんと薬草を受け取っており……しかも使ってくれたようだ。

薬草を使ってくれて、嬉《うれ》しい。だが卑屈《ひくつ》で自己肯定感《こうていかん》の低いレジェスは、かえってリューディアに気を遣《つか》わせてしまったのかもしれない。それに、リューディアは気づいてくれたようだが匿名で贈り物をしても、昨日の償いにはならないのではないか……と、ぐるぐると灰色の思考に浸《ひた》ってしまった。

「……そうね。調子もよろしいみたいで、よかったわ」

立ち止まって考え込んでいたレジェスは、若い女性の声を耳にしてはっとした。廊下の真ん中に立っていた彼はそれを聞いて、素早《すばや》く物陰《ものかげ》に隠《かく》れる。子どもの頃から悪口や暴力を受けてきた彼にとって、自分の心と身を守るために隠れるというのはほぼ本能的な行動だった。

近づいてきていたのは、別荘で働く女性使用人たちのようだ。彼女らは近くにレジェスが隠れていることに気づいた様子はなく、楽しそうにおしゃべりをしている。

「ええ。いつも元気いっぱいのぼっちゃまはともかく、お嬢様にとっては久々の長旅だったでしょうし、実際昨日の夕方にはお疲れの表情だったものね」

「でも、今朝ご挨拶《あいさつ》したときはとても元気そうだったわ」

「あ、私聞いたわ。お嬢様、『とっても素敵《すてき》な贈り物』をもらえたそうなの」

「えっ、何それ？」

「何なのかは、教えてくださらなかったけれど……それのおかげで熟睡《じゅくすい》できたのだって、笑顔《えがお》でおっしゃっていたわ」

「あらまあ……そんなことが。でも、お嬢様がお元気そうなら何よりよね」

「……あら？　そういえばぼっちゃまはどちらかしら？」

「今朝早く、伝説の虹色《にじいろ》の鳥を見つけるとか言って出て行かれたわ」

「それはそれは」

「いくつになっても少年の心を忘れられない方よねぇ」

使用人たちがおしゃべりをしながら、レジェスが隠れている場所の脇《わき》を通り過ぎていった。壁《かべ》に寄りかかっていたレジェスはしばしその格好のまま固まっていたが、やがてずるずるとその場にしゃがみ込み、顔を手で覆《おお》ってしまった。

『「とっても素敵な贈り物」をもらえたそうなの』

『そのおかげで熟睡できたのだって、笑顔でおっしゃっていたわ』

「っく……！」

思わず、声が漏《も》れてしまった。

リューディアが、自分の贈った薬草を『とっても素敵な贈り物』と言っていた。そのおかげで、彼女は熟睡できた。彼女はお世辞ではなくて、本心から……あの贈り物を喜んでくれた。

それが分かって……レジェスは、とても嬉しかった。

数日後、レジェスたちは無事に魔物《まもの》討伐作戦を終えて王都に帰ることになった。

「此度《こたび》は大変世話になった、レジェス殿《どの》。そなたと共に戦えて、大変有意義だった」

「……どうも」

ここ数日の間に私有魔術師団長はすっかりレジェスに気を許してくれたようで、去り際《ぎわ》には笑いながら背中をバシバシ叩《たた》いてきた。間違《まちが》いなく、今レジェスの背中には巨大《きょだい》なあざがいくつもできているだろう。

魔術師団長だけでなく、他《ほか》の魔術師たちも別れ際には「大変勉強になりました！」「また監督になっていただけたら嬉しいです！」と目を輝《かがや》かせて言ってきた。疎《うと》むような目で見られることに慣れていたレジェスは、ああいう目で見られるのは少し苦手だった。

「お疲れ様、レジェス。今回は世話になったわね」

王城に戻《もど》り、魔術棟《とう》の前でリューディアが言ったため、レジェスはついどきっとしつつも冷静を装《よそお》い、顔を背《そむ》けた。

「……こちらこそ、採用してくださりありがとうございました。私としても、よい経験になりました」

「それならよかったわ」

リューディアが、ふふっと笑う。レジェスはうなずき、リューディアに背を向けた。

「……後ほど報告書を送りますので、ご確認《かくにん》お願いします。では、私はここで」

「ええ、ゆっくり休んでね」

背中に、リューディアの優《やさ》しい声がかかってくる。背後からいたずらな風が吹《ふ》き、リューディアが纏《まと》う香水《こうすい》の香《かお》りが漂《ただよ》ってきて――無性にドキドキしてきたレジェスは、足を速めた。

この遠征《えんせい》で、リューディアのいろいろな表情が見られた。たくさんの声を聞き、近くで話をして……柔《やわ》らかな光にほんの少し触れることができた。

レジェスが監督になったのは、闇魔術師の地位向上のため。だが今思うと、自分は臨時の雇用《こよう》関係でもいいから、少し離れたところから見られるだけでもいいからリューディアの近くにいたい、と願っていたのかもしれないと、今気づいた。

結果として討伐《とうばつ》作戦は成功に終わり、しかもリューディアとの関《かか》わりを得ることもできた。

「……私は、幸せ者だな」

レジェスは、曇《くも》り空を見上げてつぶやいた。

肉の薄《うす》い体は冬の寒さで冷えていたが――彼の心の中は、ほんのりと温かかった。

4章　助ける理由

伯爵《はくしゃく》家が平穏《へいおん》を取り戻して、数ヶ月経《た》った。

王国北部の山脈が白い冠《かんむり》を被《かぶ》り、王都にそれほど雪は降らないものの冷たい寒風に身を震《ふる》わせていた冬も終わりを告げ、一年のうちで最もセルミア王国の野が美しく輝く春を迎《むか》えようとしている。

冬は寒いのであまり頻繁《ひんぱん》にパーティーが開かれていなかったが、少しずつ気温が高くなってきたことであちこちの屋敷《やしき》から招待状が届いていた。

伯爵の冤罪《えんざい》が晴れたことで、シルヴェン伯爵家は昔と同じように多くの貴族から招待されるようになっていた。姉弟で招かれることも多いが、ここ最近はリューディアのみ参加していた。

アスラクは今年の夏に騎士《きし》団に入団するので、現在それに向けて勉強や特訓をしている。彼は次期伯爵なので騎士を目指しているわけではないが、セルミア王国では貴族の令息は最低二年は騎士団で訓練することが推奨《すいしょう》されていた。

もちろん、あくまでも推奨なので入団しなくても罰《ばっ》されたりはしない。だが健康面や家庭の事情などで問題がないのに入団しなければ、「嫌《いや》なことから逃《に》げた卑怯《ひきょう》なおぼっちゃん」の烙印《らくいん》を押されかねないので、たいていの者は文句も言わず入団していた。

両親も、そろって社交界に顔を出していた。ここ半年はやつれてしまっていた母だが、愛する夫と再会できてからは一気に元気になり、父の仕事が休みの日は二人でデートに行ったりしている。

（私も結婚《けっこん》したら、お父様やお母様みたいな夫婦《ふうふ》になりたいわ……）

結婚して二十年近く経ってもなお仲睦《なかむつ》まじい両親を見ながら、リューディアは思う。

身分はそれほど高くなくていいから、何かあればその都度相談ができて、日常のたわいない話もできる人がいい。性格は、優しい人がいい。リューディアがちょっとしたミスをしても笑い飛ばしてくれるような、おおらかな人もいいかもしれない。お互《たが》いを支え合えて、二人でいればずっと強くなれる……そんな夫婦になりたいと、こっそりと思っていた。

とはいえ極端《きょくたん》な話、リューディアは嫁《とつ》いで家を出てしまえばそれでいいし、両親も「敵対する家でなければどんな相手でもいい」と言ってくれる。

両親としては、たとえ由緒正《ゆいしょただ》しい名家でも今後アスラクにとって不利になるような家の者と結婚するよりは、裕福《ゆうふく》で誠実な商人の息子《むすこ》とでも結婚する方がしがらみがなくていいとさえ思っているらしい。金なら、いくらあっても困ることはない。

そういうことで、リューディアはあちこちのパーティーに参加して伯爵令嬢《れいじょう》として社交を行うのと同時に、生涯《しょうがい》の伴侶《はんりょ》にしたい男性も探していた。

だが、なかなかうまくは進まない。

（今日も、あまりピンとくる方はいらっしゃらなかったわ）

豪華《ごうか》なドレスを纏《まと》ったリューディアは、小さく息をついた。

今夜は王城にあるホール一つを使って、国王主催《しゅさい》のパーティーが開かれていた。どうやら今日は若き日の国王がなんぞやかんぞやした記念の日らしく、多くの貴族たちが招かれていた。

シルヴェン伯爵家には家族四人全員に招待状が届いたのだが、あいにく両親はそろって領地に行っており不在で、アスラクも今日は少し体調が悪いということでリューディアのみ参加することになった。国を挙げての式典などであればアスラクも無理をしてでも参加しただろうが、今日はそこまで無茶《むちゃ》をする必要はなかった。

リューディアも様々な貴族と話をしたし、それとなく好意を寄せてくる貴公子たちもいた。しかも今宵《こよい》は、国王の遠縁《とおえん》にあたる見目麗《みめうるわ》しい青年までリューディアにそれとなく好意を示してきたため、リューディアは会場にいるたくさんの令嬢から羨望《せんぼう》のまなざしを浴びることになった。

（ううーん……確かに華《はな》やかでおしゃべりも上手な方だとは思うけれど、だからといって恋《こい》をするわけでもないし……）

自分は思っていた以上に理想が高くて、わがままなのかもしれない。アスラクが「姉上は案外、領地にいる素朴《そぼく》なパン屋の主人とかに恋をしたりしそうだよねぇ」と言ったことがあるが……もしかしたら本当にそういう展開になるかもしれない、とリューディアは一人笑った。

（やるべきことは終えたし、今日はもう帰ろうかしら。アスラクのことも、気になるし）

そういうわけでリューディアはさっさと帰ろうと、連れてきた使用人に馬車の準備を頼《たの》んだ――が。

「……少々お待ちなさい、リューディア・シルヴェン」

廊下《ろうか》に出たところで名を呼ばれたため、動きを止めた。

この声は――なじみがあるわけではないが、誰《だれ》のものかはすぐに分かった。……すぐに分かり、えも言われぬ感情が胸の奥から湧《わ》いてきた。

（……ビルギッタ王女殿下《でんか》）

振《ふ》り返るとやはりそこには、セルミア王国第二王女の姿があった。これまでリューディアがビルギッタ王女を見たのは主に式典のときなどで、彼女は星屑《ほしくず》の光をまぶしたかのよ

うなまぶしい銀髪《ぎんぱつ》を豪奢《ごうしゃ》に結《ゆ》い上げ、胸元《むなもと》が大きく開いた華やかなドレスを纏っていることが多かった。衣装《いしょう》の色も、宝玉のようだと褒《ほ》め称《たた》えられる緑色の目が映《は》えるような寒色系のものが多かったように思われる。

だが今の彼女は、あの事件により謹慎《きんしん》処分を受けている。当然、今夜開かれたパーティーへの参加資格もないので着ているのはシンプルな生成《きな》り色のドレスで髪《かみ》も簡易にまとめただけだ。化粧《けしょう》もしていないので、なんだかこれまでに見たときとは印象がかなり違《ちが》うように思われた。

（……どういうこと？　王女殿下は離宮《りきゅう》での謹慎中で……パーティーへの参加はおろか、このあたりに来ることさえ許されていないはずだけれど……）

警戒心《けいかいしん》を抱《いだ》きながら、リューディアは十数歩先にいるビルギッタを観察する。セルミア王国の至宝だと言われていたときの輝《かがや》きがないのはもちろんのこと、緑色の目はじとっと湿《しめ》っぽくリューディアを見つめていた。……どう考えても、好意的なまなざしではない。

「ご機嫌麗《きげん》しゅうございます、ビルギッタ王女殿下」

「ええ、ごきげんよう。……本当に、わたくしと違ってあなたはご機嫌よろしいみたいね。今日のパーティーに参加して、楽しく過ごしたのかしら？」

（これは、たいしたあてこすりだわ……）

むっとしつつも、ここでやりあってもいいことはないのはお互い様だ。むしろ、謹慎中なのに勝手に離宮を出てパーティー会場付近にいるビルギッタが責められるだけだ。

（何のご用事かは分からないけれど、ろくでもなさそう。早く離《はな》れた方がいいわね……）

リューディアは、開いた扇《おうぎ》で口元を慎《つつ》ましく隠《かく》して頭《こうべ》を垂れた。

「私も十九ですので、そろそろ本格的に結婚相手を探そうと思っております」

「ええ、話は聞いているわ。あなたを妻に迎えたい貴公子が山ほど現れたのに、あなたはどれにもよい返事をせずに足蹴《あしげ》に──ああ、いいえ、お断りしたそうね」

さすがかつては社交界を賑《にぎ》わせていただけあり、ビルギッタの声は甘くとろけるようだし口調もおっとりとしている。……だが、どう考えてもリューディアを貶《けな》すつもり満々だ。

（こんなことをおっしゃるために、わざわざ離宮を抜《ぬ》け出してお越《こ》しになったのかしら……）

それだけならただのとんでもない迷惑《めいわく》な暇人《ひまじん》だし、王女がリューディアにイヤミを吐《は》いても何の得もなさそうなのだが。

ため息をつきたい気持ちを堪《こら》え、リューディアはお辞儀《じぎ》をした。

「大変嬉《うれ》しいお申し出ばかりですが、わたくしも結婚についてはもう少し家族と一緒《いっしょ》に考えたくて……」

「あら、そう？　でも、わたくしは……あなたがあの闇魔術師《やみまじゅつし》と懇意《こんい》にしていると聞いていてよ」

「……なんとおっしゃいましたか？」

胸の奥が不安でぞわっとしつつもあくまでも穏《おだ》やかに問うと、ビルギッタはふふんと胸を張って一歩詰《つ》め寄ってきた。ビルギッタはリューディアよりかなり背が低いので見上げられる姿勢になりつつ、王女は色っぽい目尻《めじり》を緩《ゆる》めてリューディアを見てきた。

「名前は忘れたけれど……あのおぞましい見目の男よ。生意気にもお父様に物申して余計なことばかりしてきた、陰気《いんき》で根暗な闇魔術師。……長生きも活躍《かつやく》もできない闇魔術師なんて、魔術棟《とう》に籠《こ》もってめそめそしていればいいのに、しゃしゃり出てきて」

そうささやくビルギッタの緑色の目には、どろりとした闇のようなものがひそんでいた。闇魔術師のことを悪く言うくせに、本当の意味で闇なのはビルギッタ本人なのかもしれない。

「聞いているわよ。あなた、あの醜《みにく》い化け物を私有魔術師団の監督《かんとく》にしたのですって？由緒正しいシルヴェン伯爵家《はくしやくけ》はどうしたのだろうって、皆怪訝《みなけげん》に思っているわよ。あんな不気味な男と付き合うなんて、やめた方がいいわよ？」

「……どなたのことをおっしゃっているのでしょうか。私は、そのような方とは面識がございません」

「えっ？」

きょとんとするビルギッタに微笑《ほほえ》みかけ、リューディアはパチン、と扇を閉じた。

「私が懇意にしている闇魔術師でしたら、お一人だけ。彼のことをご説明申し上げますと――少々変わり者ですが誠意があり、ご自分の職務に真摯《しんし》にあたられる殿方《とのがた》です」

「……。……ふ、ふふふ。やだ、あなたもしかして、あの化け物に弱みでも握《にぎ》られたの？　だから、そんな擁護《ようご》するようなことを言うの？」

調子を取り戻《もど》したらしいビルギッタは上品に笑うと、持っていたシンプルな扇を持ち替《か》えて自分の手の中でもてあそびながら言う。

「そうでもなければ、あんな醜悪《しゅうあく》な見目の男を『殿方』なんて言わないし、あれを監督にしたりもしないわよね？　……ああ、分かったわ。あなた、伯爵の件を盾《たて》に脅《おど》されたのね？　シルヴェン伯爵を弁護する代わりに、娘《むすめ》であるあなたの体を求めたとかではないのかしら？　美しい伯爵令嬢をものにできるから、やつは喜んで手を貸したのではなくて？」

「……事実無根です。あの方は、そのような真似《まね》は決してしてしまいません」

あんまりな妄想《もうそう》に、リューディアの鉄壁《てっぺき》の笑顔《えがお》が崩《くず》れそうになった。

以前参加したパーティーでも、レジェスや闇魔術師のことを悪く言う者はいたが……それでもさすがにここまで破廉恥《はれんち》なことは言ってこなかった。王女の頭の中では、一体どういう光景が繰《く》り広げられているのだろうか。

だがリューディアの動揺《どうよう》をいいように理解したらしいビルギッタは、それまでの小馬鹿《こばか》にするような笑顔から一転して、そっと上品に目元を拭《ぬぐ》った。

「……いいえ、わたくしには分かっているわ。あなたは愛する父親を助け出すために、自分の身を犠牲《ぎせい》にしたのね。おかわいそうなことだわ」

「ですから、そんなことは――」

「遠慮《えんりょ》なさらなくても結構よ。でも、あんな平民魔術師ごときに伯爵令嬢《れいじょう》たるあなたが屈《くつ》する必要はないわ。わたくしにお任せなさい。あの根暗くらい簡単に嵌《は》めて貶《おとし》めてやるし、あなたのことをもらってくれる貴公子も見繕《みつくろ》ってあげるわよ？」

「……何をおっしゃいますか」

思わずリューディアは一歩引いたが、その分だけの距離《きょり》を詰めるかのようににじり寄ってきたビルギッタは、にっこりと笑った。

「ねえ、悪い話じゃないでしょう？　あなたが頼《たよ》ってくれるのなら、わたくしも嬉しいわ。……ええ、もちろん、あなたが闇魔術師に辱《はずかし》められていたことは秘密にするし、そういうことに理解がありそうな相手も探すわ」

（……そういう方向に話を持っていくのね！）

ようやくリューディアにもビルギッタの思惑《おもわく》が分かり、背中がひやっとした。

ビルギッタは、レジェスがシルヴェン伯爵釈放《しゃくほう》の弁護をする代わりにリューディアを求めたのだと解釈《かいしゃく》しているようだ。実際の彼はそんなことを口走るどころかリューディアを前にするとおどおどしてしまうような穏やかで心優《やさ》しい性格なのに、ビルギッタはそんな彼に大いなる誤解を押しつけ――そして、リューディアを味方に付けようとしているのだろう。

先日の事件の償《つぐな》いとして、セルミア国王はリューディアやアスラクの結婚《けっこん》に支援《しえん》することを宣言した。つまり、姉弟《きょうだい》それぞれの結婚は国王をも認めるものになるのだ。

そういう条件下で、王女の推薦《すいせん》で出会った男とリューディアが結婚したならば……減刑《げんけい》を望むビルギッタにとって、非常にありがたい展開になるだろう。ここでリューディアが王女を擁護したなら、彼女の罪が相殺《そうさい》されることにもなるのだから。

（でも、そもそもレジェスはそんな破廉恥なことをしていないし、私を味方に付けるために闇魔術師たちをこき下ろすのは間違っている）

ビルギッタに見えないようにぐっと拳《こぶし》を固めつつ、リューディアはしとやかな表情を崩すまいと努めた。

「……お言葉ですが。何度も申しますように、レジェス・ケトラは私に対してそのようなものを求めてきたりはしていません。そして、私の結婚に関して王女殿下《でんか》のお手を煩《わずら》わせることもございませんので、遠慮いたします」

もはやリューディアの中で、ビルギッタを敬おうという気持ちはほとんどなくなっている。それでも貴族として礼儀を払《はら》うため、「おまえには関《かか》わりたくない」という旨《むね》を最大限マイルドに伝えたつもりだったが……ビルギッタはほんのり笑うだけだった。

「まあ、遠慮しなくてもいいのよ。そうそう、ちょうどわたくしが昔遊んでいた貴公子が数人いて――」

「……ビルギッタ！」

いきなり、男性の怒声《どせい》が割って入ってきた。

ぎょっとするビルギッタと同じ気持ちでそちらを見ると、廊下《ろうか》を駆《か》けてくる怒《いか》り心頭といった様子の国王が。彼はまだ、パーティー会場で貴族たちと歓談《かんだん》していたはずだ。

「お、お父様!?」

「おまえ……！　謹慎《きんしん》中の身でありながら部屋を出た挙げ句、なんというふしだらなことを！」

父親の怒声に、ビルギッタは動揺を隠せない様子で扇を取り落として「え？」とつぶやいた。

「えっ、え……？　な、何のことですか、お父様……？」

「しらを切るつもりか！」

娘のもとまで大股《おおまた》で詰め寄った国王は、一喝《いっかつ》した。

「……おまえがこの廊下でリューディア嬢に話した内容は全《すべ》て、会場まで響《ひび》いていた！」

「…………え？」

リューディアとビルギッタの声が、重なった。

会場に異変が起きたのはちょうど、ビルギッタが破廉恥妄想劇を繰り広げたあたりからだったという。

王女が、しとやかな令嬢ならば顔を真っ赤にして倒《たお》れてしまいそうな内容のことだけでなく、闇魔術師《やみまじゅつし》たちのことさえこき下ろす発言をして、それに対してリューディアが毅然《きぜん》と言い返す。そんなやりとりがなぜか、パーティー会場に大音量で響き渡《わた》ったという。これはきっと何らかの魔術だろうが、魔術師たちが調査を始めたときには既《すで》に魔術の気配は跡形《あとかた》もなく消えており、誰《だれ》が何の目的でかけたのか分からないという。

貴族たちは顔を青くしたり赤くしたりと忙《いそが》しく、国王はだらだらととんでもない発言をする娘を止めるべく会場を飛び出してきたのだという。

「もう、おまえを甘やかすことはできない！　ビルギッタ、おまえは追放処分とする！」

顔を真っ赤にした国王が怒鳴《どな》ると、いつの間にかリューディアの後ろに隠《かく》れていたビルギッタがひっと息を呑《の》む音がした。

「な、なぜですか⁉」

「ここまできても分からないのか！　シルヴェン伯爵の件で謹慎処分としたのにそれを破り、しかもシルヴェン伯爵令嬢をも愚弄《ぐろう》するようなことを言っておいて、恥《はじ》はないのか！」

「そんな……！　わたくしはただ……そう！　これらも全て、リューディアのためです！」

「……え？」

自分を挟《はさ》んで親子《おやこ》喧嘩《げんか》をされていたリューディアは、さっと後ろを振《ふ》り向こうとして――ドレスのスカートが引っ張られる感覚に身を震《ふる》わせた。

――床《ゆか》に座り込んだビルギッタが、皆《みな》には見えないようにリューディアのドレスを摑《つか》んでいる。ただそれだけの行動だが――「わたくしの言うことに逆らうな。同調しろ」という無言の圧が感じられた。

「リューディアがとても困っていたようなので、わたくしが助言しただけです！　お父様たちが聞かれたのはきっと、その会話のごく一部だけです！」

「何を……」

「ねえ、そうでしょう、リューディア？」

リューディアが振り返った先には、口元を手で覆《おお》って目を潤《うる》ませるビルギッタが。

……だが、リューディアは気づいた。リューディアにだけ見えるよう、ビルギッタが口を動かしたことが。その唇《くちびる》が伝えたのは――「アスラク」という言葉だと。

弟を守りたいのならば、自分の言うことに従え――というサインだと。

（……………ふざけないで！）

この瞬間《しゅんかん》、リューディアの中から王女への敬意が一切《いっさい》消えたのを感じた。だが、だからといって怒鳴り散らしたりはしない。

リューディアは伯爵令嬢として……両親の娘《むすめ》として、そしてアスラクの姉として、最後まで正しく戦ってみせる。

リューディアは、国王に向き直って微笑《ほほえ》んだ。

「……僭越《せんえつ》ながら、国王陛下に申し上げます」

「……うむ」

「王女殿下のおっしゃることは、真っ赤な嘘《うそ》でございます」

「リューディア!?」

王女の、悲痛な声。くいっとスカートが引っ張られる感覚。

……それでいいのか？　と背後から脅《おど》されるがリューディアは振り返ることなく、険しい顔の国王を見つめた。

「闇魔術師のレジェス・ケトラは最初、私たちに何の礼も求めませんでした。ですがそれではどうしても、ということで父の方から謝礼の話をした結果、彼は伯爵《はくしゃく》家の私有魔術師団の監督《かんとく》になることを提案しました。……彼は自分たち闇魔術師の地位向上のために、そのような礼を申し出たのです。そんな、仲間思いで繊細《せんさい》な彼がどうして、私の体を報酬《ほうしゅう》として求めることがありましょうか。そしてそんな彼に心からの感謝をする私が……どうして、王女殿下に縋《すが》りましょうか」

「リューディア……！」

「王女殿下。私は自分の気持ちや真実を偽《いつわ》ることはできません。ですからどうか、ご自分の罪を猛省《もうせい》し——きゃあっ⁉」

いきなり足下《あしもと》がかくっとしたため、リューディアは足を滑《すべ》らせて床に倒れ込んでしまった。ドレスのスカート部分が裂《さ》けるような嫌《いや》な音がして、リューディアの上に何かが乗りかかった。

「王女殿下⁉」

「ビルギッタ、何を！」

国王が駆けてくるが、遅《おそ》い。

リューディアを引っ張り倒してその足の上に乗りかかってきたビルギッタが、美しい顔を憤怒《ふんぬ》に染めて右手を振り上げていた。

……叩《たた》かれる！

何も考えられず、反射でぎゅっと目を閉《と》ざしたリューディアだったが——ふわり、と温かいものがリューディアの頬《ほお》を撫《な》でた。

（……えっ？）

おそるおそる目を開けるとそこには、使用人たちに取り押さえられるビルギッタが。わあわあわめく彼女は仰向《あおむ》けに転がりじたばたもがいている。

「放せっ！　わたくしを誰だと思っているの！」

「いい加減にしろ、ビルギッタ！　おまえは……シルヴェン伯爵令嬢《れいじょう》を叩いたのだと、分かっているのか！」

国王が怒鳴っているが、床に座り込んだリューディアはぽかんとして自分の頰に触《ふ》れた。

（……私、叩かれたの？　何か、温かいものが触れたと思っただけだけれど……）

「失礼します、伯爵令嬢。お手を」

ぼんやりしていると、兵士が助け起こしてくれた。ふらっとしつつ立ち上がると――リューディアを立たせた兵士が、おや、と小さな声を上げた。

「大きなお怪我《けが》がないようで、安心しました。……申し訳ありません、助けに入ることができず……」

「い、いえ、お気になさらず。……あの、私、王女殿下《でんか》に叩かれたのですか？」

「そのように見えましたが……あれ？　そういえば、打擲《ちょうちゃく》の音などが聞こえなかったような……？」

だがそう言う兵士も、不思議そうな顔でリューディアを見ている。リューディアとしても叩かれたという意識はなく、顔に痛みはない。

（……どうして？）

だが疑問に首をひねるリューディアに、国王が声をかけてきた。

「……申し訳ない、リューディア嬢。一度ならず二度も、そなたたちに不快な思いをさせてしまった。ビルギッタのことはどうか、私に任せてくれないか」

「……私の方から申し上げることはございません。どうか陛下のご随意《ずいい》に」

「……すまない」

国王は殊勝《しゅしょう》に頭を下げた後、「ビルギッタを連れていけ」と兵士たちに命じた。なおもビルギッタは暴れ、最後には「リューディア！」と涙目《なみだめ》でこちらに助けを求めてきたが……。

(申し訳ございません。私があなたをお助けする義理は、ございません)

これまで自分が何をしてきたのか、罰《ばつ》を受けながらじっくり考えてほしいというのが、リューディアの願いだった。


国王と連行されていく王女を見送っていると、兵士たちがリューディアを部屋に案内しようとした。だがそれは丁重《ていちょう》に断り、念のため伯爵家に使いを向けるようにだけ言ってから……リューディアは、歩き出した。少し体は痛いしドレスも裾《すそ》が破れてしまったようだが、歩けないほどではない。

考えているのは、先ほどビルギッタに殴《なぐ》られそうになったときにリューディアを守ってくれた、温かいもののこと。

（……私、あの温かい感覚を知っているわ）

歩きながら、リューディアは記憶《きおく》の糸をたぐり寄せる。

……リューディアの頬を撫でた感覚は、温かかった。彼女は――遠い昔に、あのような感覚のものに触れたことがある。そして思いがけず……つい最近も。

記憶の中で、少年がクックツと笑っている。そして……それとそっくりな男性が、同じように笑ってリューディアを見つめている。

「……レジェス！」

薄暗《うすぐら》い庭園に出たリューディアは、その名を呼んだ。足下の草に引っかからないようにドレスのスカートを少し持ち上げて、あたりを見回しながら庭園を歩く。

「レジェス、いるのなら出てきて！　話がしたいの！」

……もしかしたら、気のせいかもしれない。ただの偶然《ぐうぜん》かもしれない。ここでリューディアが名を呼びながら歩いても、出てきてくれないかもしれない。

（でも……）

願いを込めて名を呼んでいると――何かが足下で動く気配がした。足を止めて見やったそこには、ぷるぷる震える黒いゼリーのような丸いものがあった。

（あら、かわいい……って、もしかしてこれは……）

リューディアがじっと見ていると、それはぷるぷると跳《は》ねながら庭園のレンガ道を移動していった。しばらく進むと動きを止め、リューディアがゆっくり後を追うとまた動き出した。ついてこい、ということだろう。

冬の庭園は少し肌寒《はださむ》いが、体はほかほかしている。頰が熱く感じられるのは、体を動かしたからなのか……それとも、期待や興奮のせいなのか。

やがてリューディアは、以前も訪《おとず》れたことのある薬草園にたどり着いた。夜なので人気《ひとけ》はなくて、生け垣《がき》沿いにある門が開いている。

その先には——手の中でぽんぽんと黒いゼリーをもてあそぶ、黒髪《くろかみ》の青年の姿が。彼の姿を見て、ほっと全身から少しだけ力を抜《ぬ》くことができた。

（やっぱり、いた……）

「レジェス……」

「……」

レジェスはこちらを見たが、何も言わない。星明かりを背中に受けているので、彼の表情をうまく読み取ることができない。

彼の手の中からとろりとこぼれる、黒い闇魔術《やみまじゅつ》。きっとそれは触《さわ》ってみると……ほんのりと温かいのだろう。

「ねえ、レジェス」

さく、と足下の草を踏《ふ》みしめながら近づいたリューディアは、尋《たず》ねた。

「あなたは……七年前に、私と出会ったことがある？」

冷たい夜の風が、騒動《そうどう》のために少し乱れたリューディアの金髪《きんぱつ》とくしゃくしゃのレジェスの髪をくすぐっていく。

かなりの沈黙《ちんもく》の後に、レジェスがくれた反応は――小さなうなずき、だった。


リューディアがその少年と出会ったのは、今から七年前……十二歳の頃《ころ》のことだ。

当時のリューディアは社交界デビュー前で、家族とともに伯爵《はくしゃく》領にある屋敷《やしき》で暮らしていた。だがその年の夏に、リューディアは少し体調を崩《くず》した。

体調が悪いのに城にいれば、家族の皆《みな》を心配させてしまう。それに大切な弟に病気を移してはならないので、リューディアは少数の使用人を連れて田舎《いなか》にある小さめの屋敷で体を休めることにした。幸い体調はすぐに治り、収穫《しゅうかく》祭の時季になるまでには屋敷に戻《もど》れるだろうと主治医も言ってくれた。

そんな、晩夏のある雨の夜。

リューディアが世話になっている村の青年たちが、村のはずれで倒《たお》れている人がいると知らせてきた。

普通《ふつう》の行き倒《だお》れなら伯爵令嬢であるリューディアに知らせるまでもないが、青年たちは「変な模様の服を着ている」と言った。そこで侍女《じじょ》が調べたところ、その「変な模様」は私有魔術師団の紋章《もんしょう》なのではないか、ということになった。

もしその行き倒れが本当に私有魔術師団員なら、その雇《やと》い主はどこかの貴族だ。リューディアは貴族の娘《むすめ》としてその魔術師を介抱《かいほう》し、雇い主のもとに帰れるよう支援《しえん》しなければならない。

そういうわけでリューディアは身仕度《みじたく》をし、その行き倒れを屋敷に運び込ませた。そうして尋ねた結果、彼が某《ぼう》下級貴族に仕える魔術師であると判明した。

手当てなどは使用人に命じ、朝になって部屋を訪れたリューディアが見たのは、少々野《や》暮《ぼ》ったい少年だった。

夜に見たときから洗練されていない雰囲気《ふんいき》だと思っていたが、彼の黒い髪は非常に癖《くせ》が強くて頭のシルエットをいっそう不気味なものにしていた。灰色の目の周りは落ちくぼんでおり、肌《はだ》の色も悪い。これで紋章入りのコートを着ていなかったら、そのまま野垂れ死んでいたかもしれない。

彼がしゃべる言葉はぼそぼそとしており、しかも自嘲《じちょう》めいた笑い方ばかりするのであまり会話は成立しなかった。おまけに得意な闇魔法を使ってリューディアにいたずらをしてきたので、リューディアもタオルを投げつけてやり返したりした。

なんだかんだ言いつつそれなりに打ち解けた二人だが、彼は頑《がん》として名乗ろうとしなかった。年齢《ねんれい》も、細くて小さな体からリューディアと同じか少し下くらいだろう、ということしか分からなかった。

彼は二晩休むと元気になり、三日目の朝には屋敷を去っていった。

しばらくして伯爵領の屋敷に戻ったリューディアは、両親に闇魔術師の少年のことを教えた。彼らは娘が貴族の私有魔術師団員を助けたことを褒《ほ》め、彼がどうなったのかを尋ねようとその貴族と連絡《れんらく》を取った。

だが貴族からの返事は、「そんな者、うちにはいない」だった。そんなはずはない、確かに彼は自分の所属を名乗ったし、コートに付いていた紋章も間違《まちが》いなかった、と言っても、「見間違いでしょう」と素っ気なかった。

それでも、と思いリューディアは、自分付きの使用人や兵士に頼《たの》んで少年の行方を追わせた。そうして……あの夏の日から一年近く経《た》ってようやく、あの闇魔術師の少年は私有魔術師団に戻って間もなく団員内での喧嘩《けんか》騒動《そうどう》を起こし、クビを言い渡《わた》される前に自ら退団届を出して魔術師団を去ったのだと知った。

それ以降、あの少年の行方《ゆくえ》は分からなくなっていた。どこかでたくましく生きていてくれれば……という願いを持ってはいたが、それでも年月が経てばだんだん過去の記憶はあやふやになる。

だからリューディアは、その少年との出会いすら忘れかけていた。

レジェスと出会うまでは。


ざわり、と冬の風が通る中、リューディアとレジェスは向き合って立っていた。

先ほどリューディアの問いにうなずいてみせたレジェスは、浮《う》かない顔をしている。肯《こう》定《てい》の反応はしたものの、そのことに後悔《こうかい》さえしているかのような表情だった。

「……あのときの、あの子なのね？　雨の降る夏の夜に、うちの領地で行き倒れていた……」

「……そうです」

観念したように言葉で肯定したので、リューディアはほっとしつつも胸が痛かった。

レジェスは、リューディアのことを覚えていた。それなら、ひょっとして――

「……あの、もしかして、だけれど。伯爵家が危機に陥《おちい》ったとき、私たちを助けてくれたのは……それに関係している？」

「……ええ。私怨《しえん》ももちろんですが……七年前に死にかけていたところを、あなたが助けてくれた。私はあなたに尽《つ》くしてもらったのに、何も返せないどころか名乗りもせず、魔術で意地悪ばかりした。そのことをずっと悔《く》やんでいたので……恩返しであり、償《つぐな》いでもあるのです」

そういうことだったのか、とリューディアの心の中にあった空洞《くうどう》に、ゆっくりと何かが埋《う》まっていった。なんとなく、レジェスがビルギッタを摘発《てきはつ》したのは私怨だけではないような気がするとは思っていたが……リューディアへの恩返しのためだったのだ。

「……あなたは小柄《こがら》で細かったから、てっきり年下だと思っていたわ。気づけなくて、ごめんなさい」

「……気づいてもらうつもりなんて、ありませんでした。私のことなんて……ずっと、忘れていてほしかった。……でも」

「でも？」

リューディアが先を促《うなが》すと、レジェスはかなり長い間沈黙して……顔を上げた。

それまでとほぼ変わらない苦々しそうな様子だが、それでも……レジェスの目元は緩《ゆる》み、泣き笑いのような表情になっていた。

「……覚えていてくれて……嬉《うれ》しかったです」

「レジェス……」

レジェスの声は震《ふる》えているが嚙《か》みしめるかのように優《やさ》しい響《ひび》きで、きゅうっとリューディアの胸は苦しくなった。

「……私、あなたがいなくなったと聞いたわ」

「ええ、当時の自分を取り巻く環境《かんきょう》の劣悪《れつあく》さに気づいたので、退団しました。ついでに、私を見捨てた連中にも仕返しをしておきました」

「それで、王国魔術師団員になったのね」

「ええ。……シルヴェン伯爵の冤罪《えんざい》を晴らした後にあなたとお会いした際、私は『お初にお目にかかります』と申したと思いますが……本当は、お久しぶりです、と言いたかったのです。私のことなんて忘れていてほしいと思った手前、我慢《がまん》しましたが。……本当は、お美しく成長なさったあなたと再び言葉を交《か》わせて……とても、嬉しかったです」

「……」

ふと、レジェスは顔を上げた。既《すで》にあたりは夜の色に染まっており、初冬ということもありそれなりの寒さになっていた。

「……冷えますね」

「そうね。でも……もう少し、あなたの話を聞きたい。いい？」

「……はい、喜んで」

そう言ったレジェスはリューディアに背を向け、歩き出した。リューディアは無言で彼の後をついて歩く。風は少し冷たいが、今日のドレスは布地が厚めなのでまだ平気だった。

レジェスがリューディアを連れて行ったのは、薬草園の隅《すみ》にある小さな東屋《あずまや》――のような休憩《きゅうけい》場所だった。そこにぼろのベンチがあったが、彼が指を振《ふ》ると黒いもくもくが現れてクッションのようにベンチの上に広がった。

「……闇《やみ》は、あらゆるものを吸収し無効化します。ここに座れば、寒さから身を守ることができます。どうぞ」

「ありがとう」

一度だけ触《さわ》らせてもらったことはあるが、まさかそれだけでなくて乗れる日が来るとは。アスラクが聞けば、ハンカチを噛みしめながらうらやましがるかもしれない。

リューディアが座ると、もくもくはリューディアの尻《しり》と背中を優しく支えてくれた。十の属性の中で攻撃《こうげき》系として最強を誇《ほこ》ると言われる闇魔術《まじゅつ》だが、レジェスは持ち前の魔力と知恵《ちえ》をもってして、闇魔術をうまく活用している。そんな彼が生み出す闇魔術は温かくて、思いやりに満ちていた。

「……あなたはどうして、私有魔術師団からいなくなったの？　というか、どうしてあんなところで行き倒れていたの？　あそこはうちの領地だから、あなたが立ち寄る場所ではないと思うのだけれど」

リューディアが問うと、彼女の前に立っていたレジェスは腕《うで》を組んで目を細めた。

「まず魔術師団を辞《や》めたのは、あそこが私の居場所ではないと分かったからですね」

「……」

「……そもそも、の話をしますと。私は異国出身で、家族からは虐待《ぎゃくたい》を受けておりました。闇魔術師ですからね、気持ち悪かったようです。それで、そんなクソ家族どもに見切りを付けてセルミア王国に渡ったはいいものの、当時年齢一桁《ねんれいひとけた》の子どもが生きていくのに世間は厳しかった」

レジェスはこれまでの偽悪的《ぎあくてき》な秘密主義から一転して、なめらかに話してくれる。七年前の出会いを明かすことにしたのがきっかけで、いろいろ彼の中でも吹《ふ》っ切れたのかもしれない。

「……生きていくために、何でもしました。かろうじて、私はセルミア王国の貴族に雇《やと》われ彼の私有魔術師団員として働くことができた。……しかし後で分かったのですが、私の名は正式に登録されていなかったようです」

「えっ、そんなの雇用《こよう》義務法違反《いはん》じゃない！」

リューディアは思わず声を上げた。

私有魔術師団の裁量は基本的に雇い主である貴族に一任されるが、国への報告義務はある。現在何人の魔術師を雇っており、彼らの年齢や性別、保有魔力量はどれほどなのか。どのような戦績をあげたのか、どれほどの報酬《ほうしゅう》を与《あた》えているのか……など、かなり細かく報告するので、毎年報告書提出の時期になると父も頭を悩《なや》ませていた。

無論、正式な登録をせずに魔術師を雇うのは契約《けいやく》違反——どころか、法に触《ふ》れる可能性が高い。発覚すれば魔術師を奴隷扱《どれいあつか》いしたことで最悪、爵位没収《しゃくいぼっしゅう》処分を受けかねない。

だがリューディアとは逆に、レジェスは静かなまなざしでうなずくだけだった。

「まさしくそのとおりですね。しかし当時の私は字が読めなかったし……そもそもセルミア王国民としての戸籍《こせき》を持っていなかったので、雇用義務法も適用されなかった。だから契約書なんてものを見たこともないし、渡《わた》される賃金が果たして自分の働きに見合ったものなのかも、分からなかった」

「そんな、ひどい……！」

「……その貴族は、私が異国人であることを分かった上で採用したのでしょう。そうして正式に雇用していない私を低賃金でこき使い、私のそういう状況《じょうきょう》を知る団員も私をいじめ倒《たお》してきました。こいつをいじめて攻撃しても、誰《だれ》からも文句を言われないのだ……ってね」

だが、仕事をすれば最低限の衣食住は保障されたので放浪生活を送るよりはずっとましだったし、同じいじめられる環境でも実家よりは我慢できた。

……そうして彼は十六歳の夏に遠征《えんせい》に行った際、魔物討伐に失敗して深手を負った。仲間たちに助けを求めたが、彼らは嫌《いや》そうな顔をして手を引っ込めた。

「誰が闇魔術師なんかを助けるかよ」と言って。

レジェスは、捨て置かれた。魔力も尽《つ》き、ふらふらになりながら歩いた。そうしているといつの間にかシルヴェン伯爵領《はくしやく》に行き着いていたようだがそれを知るすべもなく、力尽《ちからつ》きた彼は草原で倒れた。

「……そうして私は伯爵領の領民に保護され、あなたのもとに連れて行かれた。後のことは……まあ、あなたが覚えていらっしゃる通りです」

リューディアは、うなずいた。

当時の彼は細くて小柄なので十二歳のリューディアと同じ年頃《としごろ》だと思っていたため、以前「弟がいるか」と尋《たず》ねたのだが……当時十六歳だったようだ。

「……あっ、それじゃあもしかして、あなたが私有魔術師団に戻《もど》った後で喧嘩《けんか》騒動《そうどう》を起こしたのは……」

「ええ、あなたのおかげで元気になった私は魔術師団に戻り……私を見捨てた連中にお返しをしたと申しましたね。……楽しかったですよ？　これまで私を虐《しいた》げていたくせに涙《なみだ》ながらに命乞《いのちご》いをしてくる連中にやり返すのは。……ああ、ご安心を。私は幼少期以降、魔術で人を攻撃したことはございませんので」

ククク、と楽しそうにレジェスは語る。

……そうして彼は自分を不正雇用していた貴族に辞表をたたきつけ、その足でセルミア王国王都に向かった。

王国魔術師団入団試験は無戸籍でも受験できたし、実力さえあれば採用してもらえる。

だから全力で試験に臨《のぞ》み――見事一発で合格してみせた。

「私は、王侯《おうこう》貴族が嫌《きら》いです。反吐《へど》が出そうなほど嫌いです。そんな連中がうろつく王都も、大嫌いでした。……しかし王国魔術師団員になったら、セルミア王国の人間として正式な身分を得られる。貯金もできる。きちんと仕事をすれば、自由も与えられる。そうすれば……伯爵令嬢《れいじょう》であるあなたを守ることができる」

「私……？」

「ご存じでないのも当然ですが、私はこれまでにもあなたを陰《かげ》ながらお守りしておりました。もちろん、私とあなたでは行動区域も違《ちが》うので四六時中、というわけにはいきませんが。城内であなたを見かけたらいつも後を追い、よからぬ者があなたに手を伸《の》ばそうとする前に追い払《はら》っておりました」

レジェスの告白に、リューディアは目を瞬《またた》かせた。

（知らなかったわ……）

リューディアは魔術師ではないので、魔力の流れとやらには非常に鈍感《どんかん》だ。そういうこともあり、レジェスがいつも近くにいてくれて……しかも自分を守ってくれていたなんて、思ってもいなかった。

（……ん？　いつも後を追っていた……？）

「ええと……あなたはいつも、私の後を追いかけていたのね？」

「ええ、はい」

「……いつも、ってどういうこと？」

リューディアが問うと、最初レジェスは不思議そうな顔をしていたが――やがて、その体が小刻みに震《ふる》え始めた。

くしゃみでもするのだろうか、と思って様子を見ていたリューディアは――いきなりレジェスがその場に倒れ込む勢いで土下座をしたため、ぎょっとしてもくもくから立ち上がった。

「レ、レジェス⁉」

「……申し訳っ！　ございませんっ！」

「えっ…………えええ？」

いきなりの土下座の後に力いっぱい謝罪されてリューディアは混乱するが、ひれ伏《ふ》した格好のままのレジェスはくぐもった声を上げた。

「わっ、私はただ純粋《じゅんすい》にあなたをお守りしたくてお側《そば》にいただけで、決して、不埒《ふらち》な気持ちがあってあなたにつきまとったのではなく……！　あ、いえっ、その……嘘《うそ》です、つきまとっていました！　申し訳ございませんっ！」

「あ、あの、待って。どうして謝ることがあるの？」

おろおろしながらリューディアが尋ねると、ぐすぐす鼻声になりながらレジェスが言っ

た。

「わ、私は……あろうことか、伯爵令嬢につきまとい行為《こうい》をしており……！　気持ち悪いことをして、すみません……もう二度と、あなたの前には現れませんので……」

「もう、そこまでしなくていいでしょう！　ほら、顔を上げて体を起こして」

しゃがんでとんとんとレジェスの背中を叩《たた》くと、彼はおそるおそる顔を上げ――リューディアが穏《おだ》やかな微笑《ほほえ》みを浮《う》かべていたからか、今にも泣きそうに腫《は》れぼったくなっていたまぶたを開けた。

「……私のことが……気持ち悪くないのですか……？」

「ええと……私はね、あなたがしてくれたことをつきまといだなんて思っていないわ。あなたが私の側にいたのは、私を守るためなのでしょう？」

「それは……そう、ですが……」

「ね？　あなたがやってくれたのは……そう、護衛よ。護衛なら、いつも近くにいる必要があるじゃない？　……私のことを守ってくれてありがとう、レジェス」

そう言ってリューディアがレジェスのローブを引っ張って立たせると、彼は「んぇぇ……」と羊のような声を上げながらもなんとか立って、すとんとベンチに腰《こし》を下ろしてくれた。

（本当に……優《やさ》しいのに、不器用な人ね）

もくもくに再び腰かけたリューディアは、猫背《ねこぜ》になって手で顔を覆《おお》うレジェスの横顔を見ながら思った。

彼の闇魔術《やみまじゅつ》の腕前《うでまえ》は、以前の魔物討伐遠征のときにしかと目にした。彼は本気になれば、あの巨大《きょだい》な魔物でさえ一撃《いちげき》で葬《ほうむ》れるほどの魔術を扱《あつか》える。

だが、彼は――生き延びるのに必死だった幼少期以降、人間に対して攻撃的《こうげきてき》な魔術を使っていないという。

（……子どもの頃《ころ》、彼は私に魔術で意地悪をしたけれど、それらもどれも私を身体的に傷つけるようなものではなかったわ）

確か彼が仕掛けてきたのは、いきなり部屋を真っ暗にしてリューディアを驚《おどろ》かせたり、足首を掴《つか》んで軽く引っ張ったりする程度のもの。しかもリューディアが怒《おこ》ったり泣いたりしたら慌《あわ》てて謝罪してきたのを今、思い出した。

「……あなたは優しい人ね」

「……ご冗談《じょうだん》を。私はそんな、博愛主義者ではありません。他人に優しくするくらいの時間があるのなら自分が食っていくための努力をしますよ」

「そう？　でもあなたは七年前の恩を返すために、ずっと私を守ってくれたのでしょう？　それって、あなたが義理堅《ぎりがた》くて優しい人だという証《あか》しじゃないかしら？」

「違いますね。あなたが関係しないことなら、興味もございませんので」

「あら？　私がらみなら全力になってくれるということ？」

「えっ？　あ、ええと……それは……」

レジェスはごにょごにょ言った後に、黙《だま》ってしまった。よく見ると、猫背になった体がぷるぷる震えていた。レジェスの気持ちは気になるのだが、今の彼をこれ以上問い詰《つ》めるのは酷《こく》かもしれない。

(七年前の恩は、もう十分返してくれた気もするのだけれどね……？)

疑問には思うが、無理に問うつもりもない。

よし、とリューディアはもくもくから立ち上がり、ドレスの皺《しわ》を伸ばした。

「今日は助けてくれて、ありがとう。……お話もできて、よかったわ」

「それは……どういたしまして」

「あなたに守ってもらえて、嬉《うれ》しかったわ。でもいつまでもあなたに頼《たよ》りっぱなしなのは申し訳ないから、これからは自衛に努めるようにするわね」

そう言って力こぶを作る真似《まね》をして笑うと、顔を上げたレジェスはなぜか目を細めた。もしかすると、リューディアの背中の向こうに見える星の明かりがまぶしかったのかもしれない。

レジェスも立ち上がり、「明るいところまでお供します」と言ってくれた。彼の厚意《こうい》に甘えて右手を差し出すと、レジェスは不思議そうな顔になった。

「……何かご所望《しょもう》ですか？」

「……あら、ごめんなさい。つい、いつもの癖《くせ》で」

「癖……？」

レジェスは最初、怪訝《けげん》そうな顔をしていたが――数秒の後に、「ひらめいた！」と言わんばかりにくわっと目を見開いた。

「あ、あの、その、私はしがない平民の魔術師で……そ、その、ご令嬢の手を取るなんて、そんな、恐《おそ》れ多くて……」

「いいえ、困らせるつもりではなかったの。手は大丈夫《だいじょうぶ》だから、一緒《いっしょ》に……」

「いえっ！　エスコートいたしますっ！」

なぜか急にやる気に燃えたようなので、リューディアは一旦《いったん》引っ込めていた右手を再び差し出し……おずおずとレジェスが差し出した左手に握《にぎ》られることを許した。

黒い手袋《てぶくろ》を嵌《は》めたレジェスの左手が遠慮《えんりょ》がちにリューディアの右手を握った、瞬《しゅん》間《かん》――

どくん、と心臓が騒《さわ》いだ。

（……な、何……？）

ついぴくっとしてしまったが、レジェスはレジェスで緊張《きんちょう》しているらしくリューディアのかすかな動きに気づいた様子はなく、ぎこちなく足を動かしてリューディアを伴《ともな》い歩き始めた。

リューディアは、自分の右手を見た。メイドたちによって爪《つめ》の先まできれいに手入れされており、肌《はだ》は抜《ぬ》けるように白い。レジェスの手はリューディアのそれよりも薄《うす》っぺらいが大きく、長い指が骨張っていることが手袋越《ご》しでもよく分かった。

……男性に手を取られるのも、男性の手を見るのも、初めてではないのに。

(それなのに……どうして、レジェスに手を取られるとこんなにも緊張して……ドキドキしてくるの……?)

彼に手を取られて歩く時間は、やけに短く感じられた。

王城の明かりが見える場所になるとレジェスはそっと手を離《はな》し、リューディアから数歩距離《きょり》を取った。

「……ここまで来れば大丈夫でしょう。リューディア嬢《じょう》、今日はお疲《つか》れでしょうし、ゆっくりお休みください」

「……ありがとう」

リューディアが言ったところで、城の方から「あれは、シルヴェン伯爵《はくしゃく》令嬢か?」と言う声が聞こえてきた。そしてレジェスはローブのフードを引き上げて目深《まぶか》に被《かぶ》ると、さっと身を翻《ひるがえ》した。

「あっ……」

待って、と思わず言いそうになった。手を伸《の》ばしそうになった。

……もう少し、彼のいるあの暗い場所に一緒にいたいと、思ってしまった。


足を止めたレジェスは振《ふ》り返り、兵士に連れられて明るい城内に入っていくリューディアの後ろ姿を見送った。

……きれいにセットされていたのだろうその髪《かみ》は少しだけ乱れており、よく見るとドレスのスカート背面の一部が裂《さ》けていた。おそらく、ビルギッタに押し倒《たお》された際に破れてしまったのだろう。

ぎり、とレジェスは薄い唇《くちびる》を噛《か》みしめる。

守りたかった。

汚《きたな》らしい自分では光差す場所に出られないので、せめて陰《かげ》からでも彼女を守れたら、と思っていたのに……守りきれなかった。

今日、彼はいつものようにリューディアが城に来るだろう時間までに仕事を終わらせて、薬草園の手入れという言い訳をして庭園付近をうろついていた。そして黒いぷるぷるとした闇の塊《かたまり》を自分の手先にして、城の出入り口付近に忍《しの》ばせた。

そうしていると、リューディアが歩いてきた。彼女の纏《まと》う空気は清廉《せいれん》で優《やさ》しく、ぷるぷる越しでも彼女の気配が感じられるようで、茂《しげ》みの奥に隠《かく》れていたレジェスは身もだえしそうになった。

……だが、もじもじしている場合ではなくなった。何を考えているのか、王女ビルギッタがリューディアに接触《せっしょく》してきたのだ。

どうやら彼女は謹慎《きんしん》処分中なのに離宮《りきゅう》を抜け出し、リューディアにごまをすろうとしているようだった。なんだこの女は……と怒《いか》りを通り越《こ》して呆《あき》れた気持ちになりながら、レジェスはぷるぷるを壁際《かべぎわ》に移動させた。

その壁を挟《はさ》んだ向こう側は、パーティー会場だ。そして、ぷるぷるは壁に沈《しず》み込み——闇魔術の特性である「あらゆるものを無効化する」力を駆使《くし》して、廊下《ろうか》での立ち話が壁を貫通《かんつう》して会場に——しかも空気振動《しんどう》を使って大音量で響《ひび》くようにしてやった。

王女のえげつない発言の数々には、レジェスも苦笑《くしょう》するしかなかった。リューディアを貶《けな》されたときには彼も怒るが、自分を馬鹿《ばか》にされるのは慣れている。それよりむしろ、あの王女の頭の中には男女のあれこれしか詰まっていないのかと笑い飛ばしてやりたくなった。

……だが、リューディアはどこまでもまっすぐだった。レジェスのことを下手にフォローしたり擁護《ようご》したりするのではなくて、自分が信じるものを貫《つらぬ》く。ぷるぷる越しに聞こえたその声は、レジェスの胸をも貫いてきた。

……だが、最後の最後でレジェスはぬかってしまった。

リューディアの悲鳴を聞いたときには、心臓が凍《こお》り付くかと思った。自分が死ぬかもしれないときにはいつでも冷静でいられたのに……リューディアの悲鳴で、レジェスの胸にカッと怒りの炎《ほのお》が宿った。

もうこれ以上彼女を傷つけさせまいととっさにぷるぷるを移動させて、リューディアを闇《やみ》の衣《ころも》で守った。直接その場を見られたわけではないので、うまくいくか不安だったが……その後の兵士とのやりとりから、殴《なぐ》られることだけは防げたようでほっとした。

……だが、さっさと帰宅するとばかり思っていたリューディアは、あろうことかレジェスを探し始めた。リューディアは、これらのことがレジェスの仕業《しわざ》であると気づいてしまったようだ。

本当は逃《に》げようとしたが……辛《つら》そうにレジェスの名を連呼するリューディアの声を聞いていると、我慢《がまん》できなかった。ぷるぷるを彼女の前に呼び出して自分のいるところまで案内させて……そして、真実を打ち明けた。

そんなつもりでは、なかった。

汚らしい自分なんて、リューディアの記憶《きおく》の片隅《かたすみ》にさえ残っていなくていいと思っていた。

それなのに……再会できて、声を聞けて、名前を呼んでもらえて……七年前のことを覚えてくれていて嬉《うれ》しい、と素直《すなお》な自分が叫《さけ》んでいた。

ベンチに腰《こし》かけるリューディアと言葉を交《か》わす時間は、なんだかふわふわしているような不思議な感覚になっていた。エスコートのために手を取ったときは……レジェスのために包帯を手にしたり食事を運んでくれたりした過去を思い、彼女の手を握ることができてたまらなく嬉しかった。

だが彼女の後ろ姿を見て、スカートの下の方が破れていることに気づいてしまった。

レジェスは、リューディアを守りきれなかったのだ。

「……御身《おんみ》をお守りできず、申し訳ありません」

悔《くや》しそうにつぶやいたレジェスは、顔を上げた。

今日も、星がきれいだった。


王女ビルギッタが伯爵令嬢リューディアに対してえげつない言葉を吐《は》いた上に暴力を振るったという噂《うわさ》は、瞬《またた》く間に城内に広まってしまった。

これにより国王は娘《むすめ》への温情を一切《いっさい》捨てて、王国西部の開拓《かいたく》都市に送ることにした。さすがに王女に肉体労働はさせられないが、国民たちが汗水垂《あせみず》らして働く場所で生活させることで根性《こんじょう》をたたき直すつもりらしい。

当然、ビルギッタは城中の者から白い目で見られるようになっただけでなく、西部送りが決まったことで怒《いか》り泣き叫んだ。だが出発の日が近づくにつれて彼女はだんだん無口になり、何かに怯《おび》えるようなまなざしをするようになった。ビルギッタは自分の侍女《じじょ》に、「部屋の隅《すみ》に黒っぽいもやもやしたものが見える」「誰《だれ》かの声が聞こえる」と訴《うった》えていたという。

西部に旅立ってからは、ビルギッタが幻覚《げんかく》や幻聴《げんちょう》に悩《なや》まされることはなくなったそうだ。

だが少しでも王都に戻《もど》ろうとすると、自分の足下《あしもと》の影《かげ》がうぞうぞとうごめいて見えたり誰かが湿《しめ》っぽく笑う声が聞こえてきたりしたため、彼女はついに一生を砂埃《すなぼこり》にまみれた開拓地で過ごすことになったのだった。

5章 伯爵令嬢の提案

王女ビルギッタが追放処分を受けて、半月ほど経《た》ったある日。リューディアに、城へ――というより、国王のもとへ参るように、という命令が下った。前回の呼び出しは家族の再会という目的もあったので母や弟も呼ばれたが、今回名指しされたのはリューディアだけだった。

（お父様はお城にいらっしゃるから、何かあればすぐに来てくださるそうだけれど……）

今回もリューディアを呼び出したのは国王だったが、書状には「レジェス・ケトラの件で用事がある」というような旨《むね》が記されていた。前回はともかく、今回は呼び出される理由がさっぱり思いつかない。

（レジェスが私を護衛してくれている件についてかしら……？）

どうやら彼はリューディアを陰ながら守ってくれているようだが、その点について彼が国王を通してリューディアを呼び寄せるとは思えない。むしろリューディアの護衛を自主的に務めていることは隠したがっていたようなので、別件だろう。

（それじゃあ、何……？　まだ私に用事があるのかしら……）

疑問に思うリューディアが通されたのは、前回と同じ国王の執務室《しつむ》だった。そしてそこには、多くの騎士《きし》や侍従《じじゅう》たちに埋《う》もれるようにして立つくしゃくしゃ黒髪《くろかみ》の姿もあった。

しばらくぶりだが相変わらず不健康そうな見た目のレジェスは、リューディアと視線が合うと目礼をしただけだった。体格のいい騎士たちにすっぽり囲まれているので、彼の表情もうまく見えない。

「座ってくれ、シルヴェン伯爵令嬢《はくしゃくれいじょう》」

国王に言われて、リューディアは緊張《きんちょう》しながらソファに腰を下ろした。入室したときから気になっていたのだが、このソファの前のローテーブルに、一枚の書類があった。今は裏返しにされているので字は見えないが、不思議とあまりいい予感はしない。

「……たびたび呼び出して、足労をかける」

「いえ、陛下のお呼びとあらばすぐに馳《は》せ参じます。……今回は、いかなるご用件でしょうか？」

リューディアが尋《たず》ねると――国王は、言った。

「レジェス・ケトラが東部魔物討伐《まものとうばつ》作戦における報奨《ほうしょう》金全額を、そなたに贈与《ぞうよ》すると申し出ているのだ」と。

国を挙げての魔物討伐作戦では、魔物の討伐数と討伐した種類などに応じて報奨金を与《あた》えることになっている。これには、「今回の働き、誠《まこと》に大儀《たいぎ》だった。金を与えるので、今後も職務に励《はげ》むように」という意味合いがある。

この報奨金は非課税らしく、魔術師たちはどの身分であろうと喜んで受け取る。特に下級魔術師の場合は魔術師団での給料が低めなので、魔物討伐の機会があれば積極的に参加して多くの魔物を倒《たお》し、それで得られる報奨金で生活費のやりくりをすることもあるという。

そして前の大規模魔物討伐作戦で、レジェスはとんでもない量の――しかもどれもこれも強大な魔物を葬《ほうむ》った。記録係がまとめて算出した報奨金の額はかなりのものになったのだが、なんと彼はその報奨金全額をリューディアに贈与すると言い出したのだ。

「おかしいでしょう⁉」

「どこがですか？」

場所は変わって、前回も利用した来賓《らいひん》接待用の客間。部屋にいるのは自分たちと前回と同じ侍従、そして記録係の高齢《こうれい》男性官僚《かんりょう》のみ。

とんでもないことを聞かされたリューディアは詰《つ》め寄るが、レジェスは涼《すず》しい顔でクックッと笑っている。

「私、金には興味ないのです。ですから、あなたに差し上げます」

「あなたがお金に興味がないのは別にいいとして、それを私がもらういわれはないでしょう」

「いわれなんて必要ですか？」

「ないと、受け取れないでしょう？」

「私は、報奨金をあなたに差し上げたいと思った。あなたがハイと言ってサインをすれば、私のもとにあっても持ち腐《ぐさ》れになる金は全《すべ》てあなたの個人財産になる。伯爵家の経営や弟君の将来のためにも、金はいくらあってもいいのではありませんか」

「それはそうだけれど、もらう正当な理由がないのよ」

リューディアが座り直して言うと、レジェスは両手の中で闇《やみ》の塊《かたまり》をお手玉のように転がしながら笑った。

「いえ、理由ならあるにはあります。……私はあなたを守ろうと思いながら先日、あなたを守りきることができませんでした」

「……どの話？」

「……あなた、あの小娘《こむすめ》に突《つ》き飛ばされたでしょう？　そのときにドレス、破れていたじゃないですか」

レジェスに指摘《してき》されて、そういえば……とリューディアは思い出した。あのパーティーの夜、ビルギッタに掴《つか》みかかられた際にドレスのスカートが少し破れてしまったのだった。

「破れたわね」

「ですね。つまりこれは、私の努力不足です。だから、あなたは私が贈与した金で新しいドレスを買えばよいのですよ」

「待って、待って。そのお金で、一体何着のドレスが買えると思っているの？」

先ほど官僚からさらっと聞いただけだが、レジェスの報奨金全額でドレスが何十着も買えるはずだ。たとえレジェスに瑕疵《かし》があったとしても、ドレスの弁償《べんしょう》代としてそんな大金をぽんっと受け取れるわけがない。

だが、レジェスは不思議そうに首を傾《かし》げた。

「いくらでも買えばよろしいでしょう？　あなたを美しく飾《かざ》る道具は、いくらあっても足りないくらいです。好きなものを好きなだけ買ってくだされればよろしいのです」

「もうっ。私はそんな浪費《ろうひ》家ではないし、他人のお金で豪遊《ごうゆう》できるはずないでしょう！　だいたい、金額がちっとも釣《つ》り合わないわ！」

リューディアとしてはごくまっとうなことを言っているつもりなのだが、対するレジェスは笑《え》みを絶やさぬままお手玉をしている。

「いいえ、これでやっと七年前に助けていただいた恩を返し終わったか、というくらいです。……ああ、もちろんまだ足りないというのであれば、私の一生を費《つい》やしてあなたにお礼をしますが……」

「いい加減にして。……私は、あなたにここまで心を砕《くだ》いてもらえるような人間ではないの」

「それを決めるのはあなたではなくて、私です」

それまでは人を食ったような態度だったレジェスが、急に笑うのをやめた。彼は手の中で転がしていた闇も消して、ぎょろっとした目でリューディアを見つめてきた。

「……あなたは、分かってらっしゃらない。あなたの言葉に、存在に……どれほど私が救われたのか」

「……七年前にうちで提供したご飯が、そんなにおいしかったということ？」

「確かにそれまでの人生で一番と言えるほど美味でしたが、私が言いたいのはそれではありません」

レジェスはそう言うと一息つき、目を伏《ふ》せた。


あの、七年前の夏の夜。

傷を負い仲間に見捨てられたレジェスは、生きることを半ば諦《あきら》めていた。

晩夏とはいえど、夜の雨は冷える。きっと、自分はこのままここで朽《く》ち果てるのだろう。

これが自分らしい最期《さいご》なのだろう、そう思うと妙《みょう》に納得《なっとく》できてしまった。

だが通りかかった村の青年たちが彼を見つけ、領主の娘《むすめ》である伯爵令嬢が滞在《たいざい》する別荘《べっそう》に運び込まれた。別荘の玄関《げんかん》で倒れ込んだレジェスは、自分の前に少女が立ったことには気づいていた。だがそのときは熱もあったし意識ももうろうとしていたので、彼女の顔を見上げることができなかった。

……レジェスは、人間全般《ぜんぱん》が嫌《きら》いだった。特にこの年頃《としごろ》くらいの少女には昔から、よくいじめられてきた。きっとこの少女も自分を蹴《け》り飛ばして、「汚《きたな》い！　捨てて！」とか言うのだろう。そんな辱《はずかし》めを受けるくらいならいっそ、死んだふりをしてやり過ごしてやろう。

そんなことを考えながら倒れ伏していたレジェスに、少女が声をかけた。

『顔を上げて。私の質問に答えなさい』

『……』

『あなたが所属する私有魔術師団名、およびあなたの雇《やと》い主の名を述べなさい』

最初、レジェスは少女の命令の意味が分からなかった。だが少女は持っていた杖《つえ》らしきものの先でとん、とレジェスの背中に触《ふ》れた。

そこにあるのは、コートの背中に刺繍《ししゅう》された私有魔術師団の紋章《もんしょう》。

『私は伯爵家の娘として、あなたがそれを背負うに値《あたい》するかどうかを確かめなければならない。だから、もう一度問うわ。あなたが所属する私有魔術師《まじゅつし》団名、およびあなたの雇い主の名を述べなさい』

繰《く》り返し言われて、レジェスははっとした。

この少女は、興味本位でレジェスの所属を聞き出してもてあそぼうとしているのではない。レジェスが別の貴族に仕える証《あか》しである私有魔術師団のコートを着ているのだから、彼女は貴族としてその身元を確かめる必要がある。

もしこのコートがレジェスのものならば、彼女はレジェスを介抱《かいほう》する義務がある。もし違《ちが》うのなら——彼女は愚《おろ》かなる盗人《ぬすっと》に罰《ばっ》を与《あた》えなければならない。

だからレジェスはふらつく体を起こして、自分の所属する私有魔術師団名と雇い主である貴族の名を告げた。

それを聞いた少女は、杖を下ろしてうなずいた。

『分かりました。では、あなたをご招待いたします』

そうして少女——十二歳のリューディアは使用人たちに指示を出して、レジェスを介抱させた。生まれて初めてかもしれないくらいふわふわのベッドは寝心地《ねごこち》がよくて、出された食事は涙《なみだ》が出るほどおいしかった。

リューディアは伯爵令嬢《はくしゃくれいじょう》でありながら、率先《そっせん》してレジェスの面倒《めんどう》を見た。朝になると朝食を持ってきて、それが終わると着替《きが》えも運んでくる。さすがに入浴は一人で行ったが、

『この石けん、とても匂《にお》いがいいのよ』ととっておきの入浴道具まで貸してくれた。

当然レジェスは、気高いご令嬢が卑《いや》しい闇魔術師などに近づいてはならないと拒絶《きょぜつ》したが、彼女は『あなたは私が招いたお客さんです』と言って聞かなかった。

だが、伯爵令嬢が闇魔術師の手当てをしたなんて知られたら、彼女を中傷する者が出るかもしれない。それに……部屋を出た後の彼女がレジェスに触れた手を洗ったりするのでは、と考えるだけで、胃が痛くなった。

だからレジェスは彼女に離《はな》れてほしくて、わざと彼女の前で恐《おそ》ろしい闇魔術を見せた。

窓辺に来た小鳥を、闇の中に取り込んだ。リューディアは息を呑《の》んで涙をこぼし、『お願い、殺さないであげて』と嘆願《たんがん》してきた。まさか小鳥一羽《わ》ごときのために涙を流すとは思っていなかった。かわいそうなことをしたと思いレジェスがすぐに鳥を闇から出してやると、リューディアはほっとして微笑《ほほえ》んだ。

どろりとした闇を床《ゆか》に這《は》わせてリューディアの足首を掴んだら、持っていたタオルで叩《たた》かれた。彼女曰《いわ》く、『淑女《しゅくじょ》の足首に触れてもいいのは、旦那《だんな》様だけよ』とのことだったので、レジェスも一つ勉強になったしちゃんと謝った。

昼食を持ってきたリューディアを驚《おどろ》かせようといきなり部屋の中を闇で真っ暗にしたら、彼女は驚いて持っていたトレイを落とした。しめたものだ、これで距離《きょり》を置いてくれるはず、と笑っていたらリューディアが『ご飯を落としてしまって、ごめんなさい』と泣くので、レジェスの方が慌《あわ》ててしまった。

……ちっとも自分の思い通りにならない、変なご令嬢だと思った。

二日目の夜になると、レジェスは諦めてリューディアを受け入れていた。

『あなたは変な人ね』

リューディアに言われて、レジェスは笑う。当時から彼は、周りの人を遠ざけるために
――結果として自分の心を守るために、こんな湿《しめ》っぽくてイヤミったらしい笑い方をするようになっていた。

『ククク……褒《ほ》め言葉として受け取りますよ、リューディアお嬢様』

『褒めてはいないのだけれどね。……それより、あなたって闇魔術でお仕事をしているのよね？　どんなお仕事をするの？』

『皆《みな》が嫌がる仕事ですよ。ただでさえ闇魔術は疎《うと》まれるのに、私はこんな見た目で性格も悪い。そんな私に回される仕事なんて、ろくでもないものばかりです』

レジェスは、自分の見た目が劣《おと》っていることを幼少期から自覚していた。

くしゃくしゃの黒髪《くろかみ》は南部地域の海で採れるというワカメのようで、私有魔術師団でも「闇《やみ》ワカメ」と呼ばれている。灰色の目は周りが落ちくぼんでいるのでぎょろっとして見えるし肌《はだ》の血色は悪く、食事を摂《と》ってもなかなか太らないのであばら骨が浮《う》くほど痩《や》せている。

おまけに闇属性持ちでこの陰気《いんき》で根暗な性格となれば、誰《だれ》もが遠巻きにしたがる。……それでいい、とレジェス本人は思っている。

だがそれを聞いたリューディアは、首を傾げた。

『私、魔術師じゃないからよく分からないけれど……闇属性って、そんなにいけないものなの？』

『いけないでしょう。見るからにおどろおどろしくて、気持ち悪い。それに……闇魔術師は総じて、短命だと言いますからね』

『まあ……そうなの。あなたにも、長生きしてほしいのに……』

リューディアは悲しそうに言った後に、『でも』と杏色《あんずいろ》の目をきりっとさせた。

『私はね、あなたの闇属性はあなたへのプレゼントだと思っているわ。きっと神様が、あなたなら強力な闇属性の魔術でもうまく使いこなしてくれるはずだ、って信じて祝福してくださったのよ！』

『はぁ？　あなたが神の何を知っているんですか？』

『なーんにも知らないわ！』

うふふ、とあっけらかんと笑われたので、さしものレジェスも驚いてしまった。

レジェスは、神なんて信じていない。守護属性は生まれた子への贈《おく》り物、と言われるが、本当に神なんかがいるのなら全《すべ》ての子どもたちに皆から愛され頼《たよ》りにされる光属性の守護を与えるはずだ。

　むっつりとするレジェスに、リューディアは続けた。

『それにね、あなたがやっているのはろくでもない仕事ではないと思うわ』

『……なんですって？』

『あなたはあなたが生まれ持った闇の魔術で、自分にできることをしているのでしょう？　それはろくでもない仕事ではなくて、あなたにしかできない尊い仕事だと思うわ』

『尊い……仕事……？』

　陰気な笑《え》みを浮かべるのも忘れてぱちくり瞬《まばた》きするレジェスに、リューディアは続けて言う。

『それにあなたって、自分で思っているほど悪い人じゃないと思うわ。あなたは鳥を殺さなかったし、悪いことをしてもちゃんと謝ってくれたでしょう？　本当に悪い人は、そんなことしないもの』

　リューディアは笑顔で言い、言葉を失ったレジェスの手を取った。

　その笑顔は、神々《こうごう》しくて、美しくて――そして、レジェスにとってはまぶしすぎた。

『だから、あなたは変な人だけど、いい人だと思うわ。自分にできることをしようと頑張《がんば》る人は、とっても素敵《すてき》だもの！』

レジェスは、神なんて信じていない。
だが——彼はこの瞬間《しゅんかん》、彼の心の中だけで信じ続けられる女神《めがみ》を見つけたのだった。

「十六歳の私は……あなたの言葉に、光を見出《みいだ》しました」

そう言って、二十三歳のレジェスは皮肉な笑みを浮かべる。

「私は、貶《けな》されて当然。私の力は、疎まれて当然。私は、罵倒《ばとう》されて当然。……そう思っていた私の胸に、光が差し込みました。こんな世界にも、光は存在する。この世界に全知全能の慈愛《じあい》の神なんて存在しないが、私を明るい場所に引っ張り出してくれる私だけの女神が存在する。……そう思うことで、私は活力を得られたのです」

「そうなの……？」

「ええ。おかげで私は……これまで何度も死にたいと思いながらも、しぶとく生き延びることができました」

だから、とレジェスは自分の胸に骨張った手のひらをあてがった。

「放《ほう》っておけば野垂れ死んでいただろう私がこの年まで生きているのは、あなたのおかげ。……つまり私が稼《かせ》いだ金などは全て、あなたが受け取るべきなのです」

「話は分かったわ。でも、だからといってそれはやっぱりおかしいでしょう？」

リューディアは真面目《まじめ》に突《つ》っ込むが、レジェスはククク、と笑って首を横に振《ふ》った。

「いいえ、私にできることはこれくらいしかないのです。私に光を与えてくれたあなたに、私にできる形で報《むく》いたい。それは礼とかを抜《ぬ》きにして、私自身の心にとっての救いでもあるのです」

「……」

「ということで。報奨金《ほうしょうきん》をあなたに贈与《ぞうよ》する件に関して、あなたのサインさえいただければ契約《けいやく》成立となります」

そう言ってずいっとレジェスが差し出してきたのは、国王の執務《しつむ》室で見た書類。そこにはだらだらと長い言葉が書かれているが——要するに「リューディアがサインしたら、レジェスの報奨金が贈与される」という契約書だ。

（いいえ、それはおかしいわ）

リューディアはぐっと顎《あご》を引き、きっぱりと言った。

「いただけないわ」

「そこをなんとか。この憐《あわ》れな闇魔術師《まじゅつし》への慈悲《じひ》とでも考えてくだされば」

「私はあなたのことを憐れだとは一切《いっさい》思っていないから、その脅《おど》し文句は無意味よ。……そのお金はあなたが頑張って得たものなのだから、あなたが自由に使うべきでしょう。いきなり大金をぽんともらうことなんてできないし、ドレスのことだってあなたが悪いわけじゃないわ」

リューディアが毅然《きぜん》として断ると――それまではどこか余裕《よゆう》のありそうだったレジェスの顔に、初めて動揺《どうよう》と戸惑《とまど》いの色が見られた。

「……すみません。あなたにここまで言わせるつもりではなかったのです」

「レジェス……」

「本当に、私はあなたに恩を返したいだけなのです。私にできることなら、なんでもしたかったのです。……でも私には、どうすればあなたに報いられるのか分からなかった」

それはきっと、彼の壮絶《そうぜつ》な生《お》い立ちゆえだろう。

家族から愛されず、雇《やと》い主からも違法《いほう》な方法で飼い殺されていた彼にとって、世間一般《いっぱん》の常識などは理解しがたいものだった。

「だから、私なりに考えました。どうすれば、あなたの想《おも》いに報いられるのか。どうすれば、あなたが笑顔になるのか。……考えた結果、私は王国魔術師団になってあなたを守りました。さらに、金で喜ばない人はいないのでしょう。だから……私にできる形で、あなたを喜ばせたかったのです」

（そ、そんな捨てられた子犬みたいな目で言われても……！）

そう言うレジェスがあまりにも寂《さび》しそうで……ついリューディアも断固拒否《きょひ》の姿勢を崩《くず》

し、悲しそうに目を伏《ふ》せるレジェスに優《やさ》しく声をかけてしまった。

「あのね、レジェス。あなたは恩への報い方が分からないと言うけれど……あなたはこれまでに、その行動や言葉で十分私を助けてくれたでしょう。目に見えるものが全てではないの。あなたは目に見えない形で、私を守ってくれたじゃない？」

「……そういうものなのでしょうか……？」

おずおずと視線を上げたレジェスは、自分より四つも年上の成人男性とは思えないほど弱々しくて——こんな場面ではあるが、リューディアの胸の奥がうずいてしまった。

不器用なりに一生懸命《いっしょうけんめい》考えて、真心を尽《つ》くし、恩を返そうとするレジェスは、けなげでいじらしい。決して口にするつもりはないが、リューディアの頭の中には「かわいい」という単語さえ浮《う》かんでいた。

「……ねえ、レジェス。うちの領で行った魔物討伐《とうばつ》のときのこと……覚えている？」

「あなたとの思い出でしたら、全て確実に記憶《きおく》しております」

「よかった。……あの日、私とアスラクが乗る馬車を魔物が狙《ねら》ったとき、あなたは私たちを守ってくれたわよね？」

リューディアの指摘《してき》に、レジェスは少し気まずそうな顔になった。

「……ええ。ですがあれ、実は契約違反なのです。監督《かんとく》係は基本的に、魔物討伐で手出しをしてはいけないということになっていて……後で反省文を書かされました」

「まあ、そうなのね。……どうしてあなたは契約違反の行動を取ったの？」

「……それは、その……あなたを確実に守るためで……」

「ありがとう。それじゃあ……その後、私が休憩《きゅうけい》を提案したのを却下《きゃっか》したわよね。覚えている？」

「あ、え、う、ええと……その節は、大変なご無礼を働き……」

「謝ってほしいわけじゃないのよ。……私ね、あなたに意見してもらえて嬉《うれ》しかったの」

彼はリューディアを伯爵令嬢《はくしゃくれいじょう》としてではなくて魔術に関してずぶの素人《しろうと》として扱《あつか》い、魔術や魔物討伐のプロとして意見した。「お嬢様の言うとおり」で受け入れるのではなくて、正しいことを示してくれた。

それが……嬉しかった。

「それからね。これ、内緒《ないしょ》なんだけど……」

そう言いながらリューディアが唇《くちびる》に人差し指を当てると、侍従《じじゅう》と官僚《かんりょう》がさっと自分の耳を手で塞《ふさ》いだのが視界の端《はし》に見えた。そして、レジェスはぽっと頰《ほお》を赤らめてリューディアの口元をまじまじと見てきた。

「この前……パーティーの後で、あなたに手を取ってエスコートしてもらったわよね？あのときの私、ね。すっごく、ドキドキしていたの」

「ドッ――動悸《どうき》？」

「ドキドキ、よ。これまでにも男性に手を取ってもらったことは何度もあるのに、あなたに手を取ってもらうと……とても嬉しくなってきたの」

「……ふ、ぇ？」

レジェスが変な声を上げて、さっと自分の口を手で覆《おお》った。侍従と官僚は手を下ろし、不思議そうな目でリューディアとレジェスを交互《こうご》に見ている。

……なんだか、部屋の中が変な雰囲気《ふんいき》になってきた。

（……えっ？　私、そんな変なことを言ったかしら……？）

だがやがて調子を取り戻《もど》したのか、手を下ろしたレジェスがクツクツと低く笑い始めた。

「クク……これだから、お嬢様は世間知らずでいらっしゃるのですよ」

「まあ、ごめんなさい」

「あ、いえ、謝られる必要は……ではなくて！　よいですか、リューディア嬢。そういうことは、やたらめったら言い散らかすものではありません。あなたが本当に好きな男性のために、とっておくべきですよ」

「まあ、失礼ね。私、誰《だれ》にでも言って回っているわけでは……」

レジェスにしてはまっとうな指摘をされたので、リューディアはむっと唇をとがらせたが……突如《とつじょ》、頭の中のもやがぱっと晴れたかのような感覚に陥《おちい》った。

小説の中で、「まるで、雷《かみなり》属性魔法を脳天に喰《く》らったかのように」という比喩《ひゆ》が出てくることがある。幸いリューディアはこれまでの人生で雷属性魔法を脳天から喰らったことはないので、この比喩が正しいのかどうか分からないが……今なら、あの小説の主人公の気持ちがよく分かった。

（私は……ときめいているのだわ！）

自分を伯爵令嬢としてではなくて、ただのリューディアとして見てくれる。真摯《しんし》な想いを捧《ささ》げ、不器用ながらに真心を尽くして接してくれる。そしてなんだかんだ言いながら優しくて気遣《きづか》いのできる、そんなレジェスに――異性としてのときめきを感じているのだと。

うん、と大きくうなずいたリューディアは、顔を上げた。

「分かったわ。では、レジェス・ケトラ」

「え、ええと？　なんでしょうか……？」

「私と結婚《けっこん》してくれませんか？」

この場に同席していた高齢《こうれい》の官僚は、後にこう語った。「あのレジェス・ケトラの顔色が常人並みになるのを、初めて見ました」と。

リューディアによる一世一代のプロポーズを受けたレジェスは、硬直《こうちょく》していた。

（……聞こえなかったのかしら？）

対するリューディアは、なるべくはっきりと大きな声で言ったつもりのプロポーズの言

葉が滑《すべ》ってしまったのかと思うと、恥《は》ずかしくなってきた。

だがリューディアがほんのり赤面する間に、レジェスの土気色の頬がじわじわと赤くなっていった。

「……その、リューディア嬢。今、なんと？」

「頑張《がんば》ってプロポーズしたのに、もう一度言えということ……？」

「そ、いや、あなたを責めているわけではなく……幻聴《げんちょう》かと思って……」

ここでレジェスも自分の耳がおかしくなったわけではないと確信を持ったようで、リューディアとは比べものにならない速度で顔の血色がよくなり、やがて真っ赤になった。

傍《かたわ》らにいた侍従が「茹《ゆ》でワカメ……」とつぶやいたのをぎろっとにらんでから、レジェスは咳払《せきばら》いをしてリューディアに向き直った。

「……その、リューディア嬢。いくつか、申し上げたいことがございます」

「あら、やはり男性もこういうのは、星降るバルコニーとかでされるのがよかったかしら？　もしくは、薔薇《ばら》の花束でも準備した方がよかった？」

「文句を言いたいのはそこではありません。……何がどうして、あなたと私がケッ……結婚することになるのですか？」

「それが一番自然だと思ったからよ」

リューディアは「よくぞ聞いてくれました」とばかりに微笑《ほほえ》み、右手の人差し指を立てた。

「私とあなたが結婚すれば、あなたの財産は夫婦《ふうふ》の共同財産ということで実質、私のものにもなる。ということは実質、あなたの報奨金《ほうしょう》を私がもらうことになるから、あなた側からの希望は通るということでいいわよね？」

「はぁ……結婚すれば確かに財産の点では私とあなた両方の要望を叶《かな》えられますが、その代償《だいしょう》にあなたは私の妻になるのですよ」

「そうね。そして、あなたは私の旦那様《だんな》になるわ」

「ダン……。……ええ、そうですね。ですが、伯爵令嬢ともあろう方が皆《みな》に疎《うと》まれる闇魔《やみま》術師《じゅつし》に嫁《とつ》ぐなんて、正気の沙汰《さた》ではありません。あなたの愛するご両親や弟君が、皆の中傷の的になるやもしれませんよ……？」

「それはないわ。だって、私たちの今後は国王陛下が保証してくださるもの」

国王の支援《しえん》ももちろんだが、リューディアの両親も「結婚するなら伯爵家と懇意《こんい》にしている貴族か、もしくは政敵にはならない平民などにするように」と言っている。レジェスは平民なので、彼と結婚しても親族関係などに煩《わずら》わされることはない。

……などといった点をぽんぽんとリューディアが説明する間、レジェスは餌《えさ》をねだる池の鯉《こい》のように口をぱくぱくさせていたが、音として発声するには至らなかった。

「ということで、あなたのもとに嫁いだことで私や私の実家にとって不都合になることは、何もなし。父や母も、あなたのことを救世主だとあがめているくらいだものね」

「……ク、クク、ハハハハ！　なるほど、私はあなたの家では大英雄扱《だいえいゆうあつか》いされているというのですね！　こんな闇魔術師が救世主だなんて、世も末です！」

レジェスは少し調子を取り戻したようで、前髪《まえがみ》を掻《か》き上げて笑い始めた。だが、まだ顔は赤いままだった。

「なるほど、なるほど。……あなたは合理的解決策のためなら、好きでもない男と添《そ》い遂《と》げることも厭《いと》わないのですね。なんと気高い犠牲心《ぎせいしん》をお持ちなことで……」

「あら、ごめんなさい、言い忘れていたわね。私、あなたのことが結構好きよ？」

「…………は？」

レジェスの口から、地の底を這《は》うかのような低い声が出た。

「……好き？　あなたが、私のことを？　こんな……闇魔術しか能のない醜《みにく》い男のことを、好きですって……!?」

「あのね、私はあなたの顔がどうのなんて思ったことは一度も……ああ、いえ、あるわ。もうちょっとお肉を食べて太ればいいのに、とは思うわね。あなた痩《や》せすぎだもの」

正直、リューディアからレジェスにお願いしたいのは、この点くらいだ。

だがレジェスは口をもにょもにょさせて、灰色のぎょろ目をせわしなく左右に動かしていた。

「……で、ですが。私はこんな男でして、あなたに好かれるようなことは、何も……」

「まあ、あなたのいいところはいくらでもあるでしょう？　今から一つ一つ挙げてもいいわよ？」

「やめてくださいっ！　え、ええと……そう！　もしかするとあなたの今の感情は、勘違《かんちが》いかもしれません！　ほら、親愛とか友情とか、そういうのであって！」

「うふふ。確かに私、あなたに親愛の情も友情も抱《いだ》いているわね」

「ひぐっ⁉」

「でもね、私は自分の恋心《こいごころ》を間違えたりはしないわ」

自分で言い出したくせにリューディアの反撃《はんげき》を受けて悲鳴を上げたレジェスを見つめて、リューディアは静かに言う。

「私は、あなたとただ友だちとして仲よくしたいわけじゃないの。私はこれからも、あなたに見守ってもらいたい。もちろん……叶うことなら恋愛的《れんあいてき》な意味で、ね」

「んんん……！　……し、しかし、私は身分も低く、嫌《きら》われ者で……」

「あら、私だって旦那様を支えるくらいの甲斐性《かいしょう》はあるわよ？　あなたのことを悪く言う人がいれば、私があなたを守るわ」

とんっと自分の胸元《むなもと》を叩《たた》いてリューディアが宣言すると、レジェスがさっと手で覆《おお》った口元から「ひゃんっ」という可憐《かれん》な悲鳴が上がった。また壁際《かべぎわ》の方から、侍従《じじゅう》が「おとこまえぇ……」とつぶやく声も聞こえた。

しばらくの間レジェスが凍《こお》り付いていたので、これは彼の心にも響《ひび》いたか……と思いきや、またしてもクックック笑いが聞こえてきた。

「……。……クク、あなたは何も分かっていない。私なんかと結婚した女性なんて、社交界でも笑いものになるだけです。再婚しようにも私なんかに手を出された女性なんて、もらい手がなくなってしまいますよ？」

「まあ、あなたは私に手を出してくれるのね」

「ちがっ……!? い、いや、違いませんが……」

自分の発言で自爆《じばく》したレジェスがまごまごしているので、リューディアはふと不安になってきて尋《たず》ねてみることにした。

「それとも、あなたは私のことが嫌い？」

「まさか！　あ、いえ……あなたは貴族令嬢《れいじょう》で、私は平民です。釣《つ》り合うわけがありませんし、世の者たちが認めません！」

「釣り合うかどうかは、外野が決めるものではないわ。私はもっとあなたのことを知りたいし……未来のことも、たくさんお話ししたいの」

視界の端《はし》で、侍従と官僚《かんりょう》が興奮気味に何やらこそこそ話しているのが見えた。レジェスの位置からは彼らの会話内容が聞こえるようで彼は野次馬《やじうま》二人をにらみつけて、リューディアの方を向いた——が、灰色の目は思いっきり逸《そ》らされていた。

「し、しかし……私には本当に、金以外であなたに与《あた》えられるものがありません。貴族にとっての誇《ほこ》りになるような家名も……」

「ケトラ、という名字があるでしょう？」

リューディアが指摘《してき》すると、レジェスは嫌悪《けんお》を表すかのように顔をしかめた。

「……あんなもの、セルミア人として生きていくために適当に付けたものです。愛着も意味もないこんな名を、あなたに名乗らせるわけにはいきません」

「そう？　でもケトラの名前は、あなたが生きていく上で必要だったのでしょう？　あなたが自分で名付け、あなたを何年も支え続けてきた名前を私も名乗れるのなら、とても嬉《うれ》しいことだと思うわ」

「……」

「で、他《ほか》に懸念事項《けねんじこう》はある？」

ずいっとリューディアが詰《つ》め寄ると、レジェスは少し身を引いた。まだ、彼の目はあらぬ方向をさまよっていた。

「け、懸念……懸念……。……あ、ああ、そうです！　子が生まれた場合！」

「まあ、気が早いのねぇ」

「ぐっ……だ、大事な話なのです！　というのも、魔術の素質は高確率で遺伝します」

それは、リューディアも聞いたことがあった。

人は母親の胎内《たいない》に宿ったとき、神から祝福を与えられる。それらは守護属性と呼ばれ、その子が魔術師の素質を持つ場合に魔術属性として扱《あつか》えるようになる。

だが、リューディアたちのような非魔術師も守護属性を持っているとされる。これらは顕在《けんざい》化しないため隠《かく》れ守護属性と呼ばれ、属性のだいたいの見当が付くのは子どもが生まれたときだった。

子どもは多くの場合、親の守護属性を受け継《つ》ぐ。だからリューディアとレジェスの子が生まれたとして、その子が魔術師として属性を顕在化できるのならば——確率としては、だいたい四割がレジェスの闇属性、四割がリューディアの隠れ守護属性、そして二割弱程度の確率でそれ以外の属性を持つことになる。

リューディアが知っている知識を述べると、レジェスはにやりと笑った。

「ええ。……想像してみなさい。あなたが命をかけて産んだ子は私にそっくりで、しかも闇魔術師としての才能も持っているとしたら……」

(私が子どもを産んで、その子がレジェスに似ていたら……)

リューディアはレジェスに言われるがまま、自分に子が生まれたときのことを想像してみた。

……少し年を取った自分が、三歳くらいの子どもを抱《だ》っこしている。その子は癖《くせ》の強い黒髪《くろかみ》を持っており、手の中にぽんぽんと黒い塊《かたまり》を生み出して遊んでいる。

……そんな想像をしたリューディアは、ほう、とため息をついた。

「素敵《すてき》ね」

「どこがですか⁉　忌《い》み嫌われる闇属性ですよ！」

「そもそも、闇属性を忌み嫌うことに何の理屈《りくつ》もないでしょう。あなたは神様から、お父様と同じ力を授《さず》けられた。闇の力は、あなたの誕生を祝福する守護属性。その力をしっかり鍛《きた》えて大切にして、お父様のような素敵な闇魔術師《やみまじゅつし》になりましょう、と教えればいいでしょう。そして、その子が周りの心ない言葉よりも自分を信じられるように育てましょう」

「……。……私のこの容姿が……遺伝するかもしれませんよ……」

「あら、いいことじゃない。誰《だれ》が見てもあなたの子だと分かるでしょう。それにあなたのふわふわの髪、触《さわ》り心地《ごこち》がよさそうだし。あと私は自分の細い目がちょっと気になっていたから、あなたみたいなぱっちりとしたお目めの子を産めたら嬉しいわ」

「ぐぬ……」

なぜかレジェスは、悔《くや》しそうだ。今二人は、結婚《けっこん》するかしないかというなかなかデリケートで深刻な話をしているはずだが、これではまるで論破合戦をしているかのようではないか。

やがてレジェスは、意を決したようにまなざしを鋭《するど》くした。

「……ご存じかもしれませんが、闇魔術師は総じて短命です。現在の平均寿命《じゅみょう》は、三十代後半くらい。あなたは先ほど、私と結婚して子を産む未来を想像しましたが……私ではあなたに長い間寄り添うことができません。かなりの確率で、子どもが成人するよりも先に寿命を迎《むか》えます」

どうやら、これがレジェスにとっての切り札のようだ。誰だって、伴侶《はんりょ》に先立たれるのは辛《つら》い。叶《かな》うことなら少しでも長生きして一緒《いっしょ》に人生を歩みたい、と思うものだろう。

だがリューディアは、静かにうなずいた。

「ええ、聞いたことがあるわ」

「……そうでしょう」

「……でも、たとえ短かったとしてもあなたの人生を一緒に歩けるのなら私は十分よ。そして叶うことなら……私があなたの人生を、少しでも彩《いろど》りのあるものにしたい。私と結婚してよかった、と思わせたいの」

「ピェッ⁉」

「それに、私だって長生きできるという保証はないし。もちろん、おじいさんおばあさんになっても一緒にいるのが理想ではあるけれどね」

そう言ってリューディアが微笑《ほほえ》むと、「ふにゃ……」と悲鳴のような声が上がった。

放つ懸念事項全《すべ》てをリューディアが丁寧《ていねい》に打ち返すものだから、レジェスは「ええと」

とか「他には」とつぶやいているが、リューディアに言い返せるだけの十分な材料が尽《つ》きたようだ。

壁際で侍従と官僚が「頑張《がんば》れ」と目線でエールを送る中、リューディアはうつむくレジェスの顔をのぞき込んだ。

「私は、今のあなたを恋《こい》しく思っているわ。今私が今のあなたに対して抱《いだ》くこの『好き』を、あなたに受け取ってほしい。……だから、改めて尋ねるわ」

「デュッ⁉」

「あなたは私のこと、好き？　結婚してもいいと思うくらいには……好き？」

先ほどから奇声《きせい》を上げっぱなしのレジェスは、リューディアの杏色《あんずいろ》の目に見つめられて硬直《こうちょく》した。それまでは赤かった頰《ほお》からさあっと血の気が引き、白っぽい顔色になり……。

彼は、すっと立ち上がった。そしてゆったりとした足取りでドアの方に向かって自然とドアを開けて――部屋を、出てしまった。

「……あら？」

「……逃《に》げられましたか」

ぱたん、とドアが閉まり、官僚が首を傾《かし》げた。

「いやはや、まさかこのような大事な場面で堂々と逃亡《とうぼう》するとは……」

「どうしましょうか、伯爵《はくしやく》令嬢。あいつを追いましょうか？」

のんびりする官僚とは対照的に侍従《じじゅう》が急《せ》いた様子で尋ねてきたので、リューディアは苦笑《くしょう》して首を横に振《ふ》った。

「ありがとう、でもいいわ。……私、フられてしまったみたいね」

（……確かに、ちょっと無理を言いすぎたわね）

リューディアにとってもレジェスにとっても悪くない話で、後はレジェスの同意さえもらえれば丸く収まったのだが――彼を困らせてしまったようだ。

「……」

「……」

男たちは、しょぼんとするリューディアをしばし見つめ――そして顔を見合わせ、同時にため息をついたのだった。

6章　闇魔術師の選択

レジェス・ケトラはこれまでの二十三年間の人生でも最速だろう速度で王城の廊下《ろうか》を駆《か》け抜《ぬ》け、魔術棟《とう》にある闇魔術師たちの研究所に飛び込んだ。

「……ッく、はぁ……！」

「お、おかえり、レジェス。……どうしたんだ、そんな焦《あせ》って」

「……」

「ええと……まあ、まずは茶でも飲め。おまえ、すげぇひどい顔だぞ」

「……この顔は……生まれつきです……」

「そういうことを言ってるんじゃねぇよ」

軽口を叩《たた》きながらも闇魔術師たちは皆《みな》でレジェスをソファに座らせて、茶を淹《い》れたり菓《か》子《し》の準備をしたりする。闇魔術師は嫌《きら》われがちだがその分、同じ能力を持つ者同士での結束力は高いし助け合いの精神もあった。

王国魔術師団員の職場である魔術棟には、属性ごとの研究所がある。採用試験で属性は関係ないので、そのときそのときで魔術師の属性ごとの比率は異なるが、やはり絶対数の関係で光と闇の魔術師は在籍数《ざいせき》も少なかった。

セルミア王国は近隣《きんりん》諸国に比べると闇魔術師への偏見《へんけん》が少ない方だが、それでも光魔術師の研究所が魔術棟の一等地にあるのとは対照的に、闇魔術師は半地下で仕事をしている。それに闇魔術師たちに割り振られる仕事も、呪《のろ》われた器具の解呪《かいじゅ》やら他属性魔術師の戦闘《せんとう》後の後始末やら、いまいちぱっとしないものばかり。

とはいえレジェスたちは偏見を受けながら育ってきたため、「まあ、仕方ないよな」と今の環境《かんきょう》を渋々《しぶしぶ》受け入れている者がほとんどだ。レジェスも闇魔術師への待遇《たいぐう》には疑問を抱くが、案外気さくで仲間意識の強い同僚《どうりょう》たちと仕事をすること自体は、わりと気に入っていた。

仲間たちにかいがいしく世話を焼かれてもレジェスは黙《だま》っていたが、しばらくしてぽつっと言った。

「……先ほど私は、リューディア・シルヴェン伯爵令嬢《れいじょう》に、報奨金《ほうしょう》贈与《ぞうよ》の話をしに行きました」

「……あー、そういえばおまえ、そんなこと言ってたな」

それに関して、驚《おどろ》く者はいなかった。

皆は、レジェスがシルヴェン伯爵令嬢に思い入れがあることも、彼女とその家族のために魔物討伐《とうばつ》作戦に参加したことも知っている。報奨金云々《うんぬん》については皆もいろいろ突《つ》っ込みたいところはあったが、まあレジェスだし……と半ば諦《あきら》めながら彼を送り出したのが、今日の昼前のこと。

「で、サインはもらえたのか？」

「……もらえませんでした」

「そうか」

「代わりに……プロポーズされました」

「そうか。……ん？　そう、か……？」

がっくりとうなだれてしまったレジェスを囲む闇魔術師たちは、顔を見合わせた。

「……ちょっと待て。おまえが、誰《だれ》から、プロポーズされたって？」

「リューディア嬢《じょう》から……」

「……おまえから、ではなくて？」

「私がそんな勇気に満ちた男だとでも思っているのですか⁉」

「キレながら自虐《じぎゃく》すんなよ……」

どうどう、とレジェスをなだめながらも、皆は一様に困惑《こんわく》の表情になる。

伯爵令嬢が、レジェスに、プロポーズした。

「それって……あれだよな？　結婚《けっこん》して夫婦《ふうふ》になってください、ってやつだよな？」

「そういうやつです……」

「幻聴《げんちょう》じゃないのか？」

「私も疑いました！　しかし、本当にあの人は私にきゅ、求婚して……」

そうして彼は、先ほどどんなやりとりがあったのかを説明した。基本的に自分に介入《かいにゅう》されるのを嫌うレジェスだが、今は相当参っているからかあんなことやこんなことまで細かに教えてくれた。最初は「ついにこいつの妄想《もうそう》が爆発《ばくはつ》したか……」と言わんばかりの目で見ていた闇魔術師《やみまじゅつし》たちも、レジェスが無表情で告げる内容を聞くにつれて真剣《しんけん》な目になっていった。

話し終えると、レジェスは頭を抱《かか》えた姿勢のまま固まってしまった。闇魔術師たちも、自分が一番に何か発言をする勇気が出てこないようで、気まずそうに視線を交《か》わし合っている。

最初に動き出したのは、この闇魔術師たちの中で唯一《ゆいいつ》の女性だった。彼女は首を傾げ、「なるほどね」とつぶやく。

「あんた、好きで好きでたまらなかった女の子に逆プロポーズされて嬉《うれ》しいけれど、恥《は》ずかしくて何も言えず逃走してしまったのね」

「くっ……！　ク、ククク……ええ、ええ、そうです。私は、伯爵令嬢の一世一代の告白にも応《こた》えられず情けなく逃げ出した愚《おろ》かな男ですよ……ククク……。遺書をしたためて首をくくるべきでしょうか」

「早まらないの。……でもねぇ。あたしからするとやっぱり、返事をもらえず逃げられるのはちょっと悲しいかなぁ」

そう言う彼女は「あたしはもう結婚は諦めているよ」とからっと笑う姐御肌《あねごはだ》だが、同じ女性だからかリューディアに同情しているようだ。

「嫌いなら嫌いって言ってくれれば分かるし、もちろん好きって言ってくれれば一番嬉しい。今すぐに返事ができなかったとしても、『必ず返事をしますので、少し待ってください』くらいは言ってほしいかなぁ」

「ぐっ……！　し、しかし、私なんかが……」

「……なぁ、レジェス。その伯爵令嬢《はくしゃくれいじょう》は、おまえだから結婚したいって言ってくれたんだろう？」

男性魔術師に問われて、レジェスはますますうなだれる。

「……私には、そんなことを言ってもらえるような価値はないのに……」

「いやいや、なんでそこで卑下《ひげ》すんだよ？　むしろ、それくらい伯爵令嬢から愛されているって証《あか》しじゃねぇの？」

「あっ、あい……!?」

「あー、俺もそう思う。絶対その令嬢、マジでおまえのこと好きなんだよ」

「ん、んんん……！」

「だよねぇ。でもその令嬢、十八か十九かそこらだろう？　そんな若い子が勇気を振《ふ》り絞《しぼ》って告白したのに逃《に》げるのは、その子の想《おも》いを踏《ふ》みにじったようなものだよ」

次々に仲間に言われてとどめに女性魔術師に呆《あき》れたように指摘《してき》されて、レジェスはますます落ち込んでいった。今の彼には魔力を制御《せいぎょ》することができないようで、彼の周りにもやもやと黒い霧《きり》のようなものがあふれている。だが同じ闇魔術師である同僚たちにとっては慣れっこなので、皆ぺいっと手で振り払《はら》っていた。

「レジェス。あんた、その伯爵令嬢のプロポーズに返事をせずに逃げたこと、後悔《こうかい》してるんだろう？」

「……しています」

「なら、きちんと自分の考えをまとめてから会いに行きなさいよ。それが誠意ってもんさ」

レジェスのもさっとした頭を軽く叩いて、女性魔術師は笑った。

「……だがまあ、あんたって悪人ぶるくせに男のプライドもあるもんね。プロポーズは自分からしたいんじゃないか？」

「そ、それは……」

「あ、それ分かる。レジェスって案外、ベタな展開が好きだよな？」

別の男性魔術師が、にやっと笑った。

「こうなったら、おまえの方から改めてプロポーズしろよ。花束でも持っていって、一生幸せにするからこちらこそ結婚してください、ってな！」

こんな感じに、と片膝《かたひざ》を床《ゆか》に突いて花束を差し出す真似《まね》をする同僚の言葉に、レジェスは目尻《めじり》をつり上げた。

「……軽々しく言わないでください！　あの方は伯爵令嬢で、私は陰気《いんき》で長生きできない闇魔術師で――」

「でもさー、レジェスってそのお嬢様のことが好きなんだろう？　あれだよあれ、初恋《はつこい》の君ってやつだろ？」

そう問われて、レジェスはぎりっと歯を嚙《か》みしめた。

「……ええ、ええ、好きですとも！　あの方は私の初恋であり、身も心も助けていただいた七年前からずっとお慕《した》いしている、私にとって唯一の女神《めがみ》ですとも！」

「キレながら認めんなよ……」

「しかも若干《じやつかん》重い」

「う、うるさいですよ！　それでも、私と……私なんかと結婚しても、あの方を幸せにはできない！　私にできるのは、陰《かげ》からあの方の笑顔《えがお》と未来を守ることだけ！　あの方の隣《となり》に並ぶことは……許されません……」

そう言って背中を丸めて、レジェスは膝の間に顔を埋《うず》めるような格好になってしまった。

それを見る魔術師たちの間にはそろそろ、「こいつ、めんどくせぇな」と言いたそうな雰《ふん》囲気《いき》が漂《ただよ》いつつあった。

「なんつーか……おまえが腹をくくらないと話が進まないし、伯爵令嬢だっておまえの返事を待ってる状態だろ？　さっさと決めてやれよ」

「しかし……」

「……あー、本当に面倒《めんどう》くさいな、おまえ」

「そのお嬢様、かわいそー」

「……」

「……レジェス、おまえもう帰れ。というかおまえがここにいても仕事の邪魔《じゃま》だし、今のおまえに仕事を割り振ってもいいことはないだろう」

闇魔術師の中でも最年長の同僚《どうりょう》が、呆れたように言った。これ以上ここで話をしてもらちがあかないと判断したようだ。

そう言われたものの、なおもレジェスは「しかし」「もうすぐ仕事の時間なので……」ともだもだ言っていた。だが最終的に強制的に休みを取らされ、レジェスは「自分でしっかり考えろ」と、研究所からたたき出されてしまった。

「……何なんですか。仕事に打ち込んでいる方が、気が楽なのに……！」

がっちりと閉《と》ざされた研究所のドアを恨《うら》めしくにらみつけてから、レジェスはとぼとぼと歩き出した。仲間たちとウダウダ話をしている間になんとか呼吸は整い体も少しだけ楽になったようなので、これに関してだけは皆《みな》に感謝したい。

「……私だって、本当は……あの方の側《そば》にいたい」

レジェスにとって、リューディアの幸せが最優先事項《じこう》だ。彼女が笑顔でいてくれるのなら、自分の生まれ故郷を滅《ほろ》ぼすことも厭《いと》わない。彼女がドレスを十着ほしがったなら、五十着買ってやる。彼女が「一日で魔物を百匹狩《ぴきか》ってきてほしいわ」とおねだりするなら、百と言わず二百匹葬《ほうむ》ってくる。

……だがそれには、自分がリューディアの夫になる必要性はない。レジェスの役目はリューディアの身と心を守り、彼女が幸せになれるような手助けをすることだ。彼女がレジェス以外の男性を夫に望んだなら喜んでその男との仲を取り持つし、彼女が夫の命を大切にするのならば、レジェスはその男を守ることに何のためらいもない。

……この想いが「恋」だと分かったのは皮肉なことに、リューディアからプロポーズされ、「あなたは私のこと、好き？」と聞かれた瞬間《しゅんかん》だった。

……そう、これがレジェスにとっての、恋だった。七年前に助けられたときから、レジェスはこの太陽のような少女に恋をしていた。恋をしているから、彼女の笑顔を見たい、守りたい、と思っていたのだと。

しかもあろうことか、レジェスが恋心を抱《いだ》くその女性は自分から男前に求婚《きゅうこん》してくるではないか。さらにはレジェスの人間的魅力《みりょく》においてマイナスの要素になるもの――容姿や生まれ、魔術属性についても一切忌避感《いっさいきひかん》を抱かないどころか、レジェスに似た子を産めたら嬉しい、とまで言ってきた。

それならば……と、レジェスは寿命《じゅみょう》のことを持ち出した。

闇《やみ》魔術師は、平均寿命が短い。四十歳を迎《むか》えられる者はまれで、まだ若者と呼ばれるような年齢《ねんれい》で死ぬことが多い。「寿命」だから、戦死などで早世することを差し引いても三十代後半という数値は異常だ。

闇魔術師は、長生きできない。現在レジェスはだいたい二十三歳だから、今すぐ結婚したとしても自分がリューディアの夫でいられるのは長くても十五年程度。これでは、もし子どもが生まれたとしてもその成長を見守ることさえできない。

だというのに、レジェスにとっての最大のネックである寿命の問題さえ、リューディアは乗り越《こ》えようとした。しかも、彼女がレジェスの短い人生を彩《いろど》りのあるものにしたい、とまで言ってくれた。

「……リューディア嬢《じょう》」

レジェスは、恋しく思う女性の名を呼ぶ。声こそがらがらにひび割れているが、まるで大切な宝物をそっと包み込むかのように、愛情と思慕《しぼ》に満ちた優《やさ》しい声だ。

嬉《うれ》しい。彼女に求めてもらえて、嬉しい。

だが……自分では、だめだ。彼女はレジェスを幸せにしてくれるかもしれないが、自分ではリューディアを幸せにできない。敬愛し信仰《しんこう》するべき女神を、地の底にたたき落としてしまう。

リューディアを薄暗《うすぐら》い場所に連れ込むのではなくて、彼女にはずっと明るい場所を歩いていてほしい。レジェスにとっては強すぎる太陽の下でも、彼女なら笑って歩いていられるから。そんな彼女と一緒《いっしょ》に明るいところを歩けるのは……自分ではないから。

「……ああ、そこにいたのか、レジェス・ケトラ」

名を呼ばれて、とぼとぼと自室への道を歩いていたレジェスは緩慢《かんまん》な動作で振り返った。

そこにいたのは、城内で連絡係《れんらくがかり》を担当している使用人だ。……だが普通《ふつう》の連絡係と違《ちが》い、彼の制服には豪華《ごうか》な装飾《そうしょく》が施《ほどこ》されている。肩《かた》から掛《か》けた鞄《かばん》もよく見られるぼろぼろのそれではなくて、上質な本革《ほんがわ》でできた郵便鞄だった。

彼は、王族からの連絡事項を伝える仕事を請《う》け負っている上級郵便係だ。彼がレジェスを呼び止めたということは、つまり――

「国王陛下より、書状を賜《たまわ》っている。すぐに内容をあらためよ」

「……はぁ」

レジェスは連絡係から嫌々《いやいや》書状を受け取り、封《ふう》を適当にバリッと剝《は》がしてから内容を読み――ますます嫌そうな顔になった。

「……なんで一日に何度も参上しなければならないんですか」

「国王陛下のご命令だからだ」

「……」

めんどくさ、という言葉は喉《のど》の奥に押し込めておき、レジェスはため息をついて謁見《えっけん》の間の方向へと足を進めたのだった。


謁見の間に参上したレジェスは一応礼儀《れいぎ》正《ただ》しくお辞儀をしたし、仰々《ぎょうぎょう》しい挨拶《あいさつ》の言葉も述べた。だが、レジェスは元々王侯《おうこう》貴族を好いていないし……国王に関しては、あのちゃらんぽらん小娘《こむすめ》の父親ということもあり普通に嫌《きら》っていた。心の中ではイヤミを吐《は》きまくり、この国王がデスクの角に足の指をぶつけるような呪《のろ》いがかけられないものかと考えていた。

そんなレジェスの胸中を察するすべを持たない国王はもっさりとした闇魔術師を見下ろし、うなずいた。

「いきなり呼び出してすまないな、レジェス・ケトラ」

「国王陛下のお呼びとあらば、喜んで参ります」

そんなわけないだろう自分が喜んで参るのはリューディアのもとだけださっさと話を済ませろ呪うぞ、と心の中だけで言ったレジェスだが、国王から持ちかけられた話を聞いて眉根《まゆね》を寄せた。

「……私を、男爵《だんしゃく》に？」

「ああ。そなたのめざましい働きへの褒美《ほうび》、といったところだ」

そう真顔で言う国王を、レジェスはじっと見つめる。

国王が今提案したのは、レジェスに一代限りの男爵位を叙爵《じょしゃく》するというもの。セルミア王国では男爵位以上の者とその家族を「貴族」と呼ぶが、男爵は厳密に言うと貴族ではない。男爵位は財産を築きそれをもって国に貢献《こうけん》した商人や、戦《いくさ》で戦績を挙げた騎士《きし》、大いなる発明をした魔術師などに与《あた》えられる称号《しょうごう》で、当然領地なども持たない。

言うなら男爵位は、平民が国王より授《さず》かれる最上級称号だ。さすがに男爵の娘《むすめ》が王妃《おうひ》や公爵夫人などになることはなくても、子爵家や伯爵《はくしゃく》家などに嫁《とつ》ぐことはそこそこあり得た。だから、一代男爵たちは自分の代が終わるまでに自分の子女を上位貴族と縁組《えんぐ》みさせようと狙《ねら》っていることが多かった。

そんな男爵位は、より上の階級を狙う平民からすると喉から手が出るほどほしいものだし、たとえ貴族でも次男以下で家督《かとく》を継《つ》げない者からすると自らが当主となれる素晴《すば》らしい機会とも言えた。

なるほど、とレジェスは目を細める。

レジェスは、異国人だ。十六歳のときに王国魔術師団員になるまではきちんとした戸籍《こせき》も持っていなくて、いわゆる「いるのかいないのか分からない」国民だった。今は王国魔《ま》術《じゅつ》師団員として登録されているとはいえ、レジェスさえその気になったらセルミア王国を離《はな》れて別の国に行くのも自由だ。彼には、家族などのしがらみが一切ないからだ。

……だが国王は、レジェスの才能——ひいては有用性に気づいた。せっかくレジェスの方から魔術師団に転がり込んできたのだから、他国に行かれるのは惜《お》しい。だから思い切って男爵位を与え、国に縛《しば》り付けようとしているのだろう。

レジェスが男爵位を受け取りいずれ国内貴族の娘などを妻に迎えたりしたら、もう彼はセルミア王国から離れられなくなる。それが、国王の狙いだろう。

国王が闇魔術師の実力を認めてくれるというのは、確かに喜ばしいことだ。だが、レジェスにとって嬉しいのはその点だけ。

レジェスは王国魔術師団員になってからもたびたび、貴族からいじめられていた。その筆頭があの元王女なのだから、とんだ笑い話だ。それなのに国王は、男爵位を餌《えさ》にすればレジェスが食いついてくるとでも思っているのだろうか。

だが、国王もそこまでの馬鹿《ばか》ではないだろう。それに、彼にも何らかの勝算があっての発言だろうが……話に乗るのは、癪《しゃく》だ。

だから断ろうとしたのだが……ふと、レジェスの脳裏《のうり》を金髪《きんぱつ》の令嬢の姿がよぎった。

『レジェス』

優しい声で名を呼び、手を差し伸《の》べてくれる愛らしい女性。レジェスが慕《した》ってやまない──そしてあろうことか、彼女の方からレジェスにプロポーズしてきた伯爵令嬢。

もし、レジェスがこの話を受けたら。男爵になったら……？

「……少し、考えさせてください」

国王にそう返事をするので、今のレジェスは精いっぱいだった。


自室に駆《か》け込んだレジェスは古びたベッドに腰《こし》かけ、頭を抱《かか》えていた。

「私が、男爵に……？　そんな、馬鹿な。というか、絶対に嫌だ」

口ではそう言うが、心の中の自分がささやいている。

──男爵ならば、伯爵令嬢を妻に迎えることも可能だ、と。

既《すで》にシルヴェン伯爵とレジェスは面識があるし、リューディアの弟であるアスラクからも……レジェスには理由が全く分からないが、懐《なつ》かれている。そんなレジェスが男爵になったなら、彼らも喜んで娘を、姉を、送り出すのではないか──？

それに、だ。

リューディアが今のレジェスと結婚《けっこん》したら、彼女は平民になってしまう。いくらレジェスに腐《くさ》るほどの資産があったとしても、リューディアの生活水準は今よりも下がるし、社交界などにも出られなくなる。

だが男爵夫妻相手なら、招待状を送る貴族もいるはずだ。そうすれば彼女に倹《つま》しい生活を強《し》いることもないし、王都で好きなことをさせられる。

ぐう、とレジェスはうめいた。

男爵になんて、なりたくない。あの国王の提案に乗るなんて、癪だ。大嫌いな王侯貴族たちがいる社交界に出るより、魔術棟《とう》でちまちまと仕事をしたり魔物討伐《とうばつ》をしたりする方が、レジェスの精神的にもよっぽどいい。

だが……男爵になったら、リューディアのためになる。彼女のプロポーズに応《こた》えるだけの理由を手にすることができる。リューディアが向けてくれる愛に、応えることができる。

「……私は、どうすればいいんだ……？」

狭《せま》い部屋で、レジェスは苦しい声を上げた。

リューディアのプロポーズだけでなく、国王の提案への返事まで考えなければならなくなり、レジェスは体調を崩《くず》した。そして、ますます痩《や》せた。

彼は子どもの頃《ころ》からろくでもない食生活を送っていたこともあり、胃だけは丈夫《じょうぶ》だった。それに一つのことにいちいち頭を悩《なや》ませても仕方がないと割り切るたちなので、精神的にも強い方だと思っていた。それなのにリューディアがらみのことになると自分の体はとても繊細《せんさい》になり、簡単にもろくなるのだと今知った。

さしもの同僚《どうりょう》たちもレジェスを気遣《きづか》い、食べ物などの差し入れをくれた。いつも辛口《からくち》な魔術師でさえ、「無理はしなさんなよ」と優《やさ》しく言った。だから、あなたが他人にいたわりの言葉をかけるなんて逆に怖《こわ》いですね、と言ったら殴《なぐ》られた。病人にはもっと丁寧《ていねい》に接してほしいものだ。

さて、かくしてレジェスは仕事も休み、体調管理と諸問題について考えてしばらく過ごしたのだが――いくら考えても最善の解決策が見えてこないため、最後の手段に出ることにした。

それはすなわち、リューディアへの相談、である。

「こうなったら恥《はじ》だろうと情けなかろうと、ご本人に相談せねば……！」

なんとか立ち上がれるまで回復したレジェスは、身なりを整えた。本日は、曇《くも》り空だった。せっかくおまえにとって都合のよい天候なのだから、ウジウジせずにさっさと行け、ほら行け、と空からもせっつかれていると解釈《かいしゃく》したレジェスは、魔術棟を出た。

シルヴェン伯爵邸《てい》の場所は、知っている。王国魔術師団員になってすぐに調べて、所在地もこの目で確かめた。無論、そこにやましい気持ちは一切《いっさい》ない。

門番は最初、黒ずくめのレジェスを見てぎょっとしていた。それもそうか、と思い所属と名を名乗ったのだが、それでも彼は困り顔だった。

「あ、あなたがレジェス・ケトラ様でしたか。お嬢様《じょうさま》にお会いになりたいそうですが……」

「ご不在でしょうか」

「いらっしゃいますが……事前のお約束はなさっていませんよね」

「事前の？」

オウム返しに問うたレジェスは……ぴしゃーん、と頭に雷《かみなり》属性魔法を喰《く》らった気持ちになった。過去に実際に喰らったことがあるから、その衝撃《しょうげき》はよく覚えている。

貴族令嬢のもとに会いに行くには事前に手紙を送ったりするのがマナーであるというのは知識では知っていたが、これまでそういう機会がなかったのですっかり忘れていた。

「あ、あの。すみません、そういうこと、忘れておりまして……」

「左様ですか。……普通《ふつう》ならお帰りいただくのですが、あなたは旦那《だんな》様方の恩人でいらっしゃいますからね……」

門番はしばらく悩んでいたが、近くを通りかかった園丁《えんてい》らしい男性を呼び止めた。二人は門を挟《はさ》んでこそこそと何かを話した後に、園丁の方が屋敷《やしき》に向かっていった。

間もなく戻《もど》ってきた彼がうなずいたのを見て、門番は頬《ほお》を緩《ゆる》めた。

「ただいま、お嬢様にご確認《かくにん》いただきました。……お嬢様は、レジェス・ケトラ様との面会をお望みだそうです」

「よろしいのですか⁉」

「はい、お嬢様のご命令ですので。……どうぞ」

そう言って門番は持っていた槍《やり》を下ろし、門を開けてくれた。レジェスは彼に何度も礼を言い、急ぎ屋敷の方へ向かった。

柔和《にゅうわ》な雰囲気《ふんいき》の執事《しつじ》が通してくれたのは、応接間だった。絵画などの内装はシルヴェン伯爵《はくしゃく》一家の人間性が表れているような、穏《おだ》やかでかつ楽しそうな感じのものばかりだった。生けられた花などは品があり、かと思えばかわいらしい猫《ねこ》の置物があったりする。

なるほど、とても素晴《すば》らしい部屋である。……部屋の隅《すみ》に立てかけられている、柄《え》の部分にブタのおもちゃがくっついた杖《つえ》など、謎《なぞ》のアイテムもあるが。

「お待たせしました、レジェス・ケトラ」

しばらくしてやってきたリューディアは、簡素なドレス姿だった。レジェスがこれまでに見てきた彼女は、豪華《ごうか》なパーティー用ドレスだったり外出用のおしゃれなジャケットつきドレスだったりを着ていた。だから小花柄《こばながら》のかわいらしいドレス姿で髪《かみ》も緩くまとめただけのリューディアの姿は新鮮《しんせん》で、胸がドキドキしてきた。

……だが、彼女がこんなラフな格好であるのは自分が予約もせずに突撃《とつげき》訪問したからなのだと思い至り、レジェスはその場でがばっと頭を下げた。

「す、すみません！　事前の約束もせず、いきなり訪問して……！」

「そうねぇ。少し驚《おどろ》いたけれど、大丈夫《だいじょうぶ》よ。あなた、あわてんぼうさんなのね」

レジェスの謝罪をさらっと流し、リューディアはころころと笑う。あわてんぼうなんてかわいらしいものではなくてただの無礼者なのだが、きっとリューディアはレジェスが自分を責めないようにと気遣ってくれているのだろう。

だが使用人を下がらせたリューディアはソファに座ると、ふと悲しそうな顔になった。

「レジェス……あなた、また痩せたんじゃないの？　頬がこけているわ」

「これは、その……生まれつき、です……」

「そう？　私の気のせいならいいのだけれど……もしかしたら、私があのとき、あんなことを言ったのがあなたを苦しめたのかと……」

「まさかっ！」

レジェスは大声を上げてから、慌《あわ》てて咳払《せきばら》いをした。

「あ、いえ、その……あなたからの、ええと、あの言葉には驚きましたが、嫌《いや》だとは思っておりません！」

「本当に？」

「はいっ！　じ、実はですね。本日無礼ながら急にお伺《うかが》いした理由には、あなたのお言葉へのお返事にも関係しておりまして……」

そうしてレジェスはたどたどしく、国王から男爵位の叙爵《じょしゃく》を提案されたことや、リューディアのプロポーズに応えたいが応えられなくて迷っていること、そういったことで悩んで体調を崩しかけたことなどを告げた。

　リューディアは最初は少し緊張《きんちょう》した面持《おもも》ちだったがレジェスの話を聞くにつれて徐々《じょじょ》に表情を緩ませ、ほ、と小さく息を吐《は》き出した。

「……つまりあなたは私との結婚について、かなり前向きに捉《とら》えてくれているのね？」

「え、あ、は、はい。まあ、そういうことです……」

「そう……よかったわ。私、フられてしまったのかと思っていたのよ」

「あ、え、も、申し訳ありません……」

「いいのよ。レジェスの気持ちを聞けて、とても安心できたから」

　そう言うリューディアは本当に嬉《うれ》しそうで、使用人が置いていった紅茶を穏やかな表情で飲んだ。

「それで……あなたは今、私と国王陛下への返事の両方について悩んでいるということなのね」

「はい。あ、あの、ですがやはり、あなたからのお申し出に応えるには、私が相応の身分を得るべきでしょうし……陛下のご提案を、お受けするつもりです」

「……」

「もちろん、男爵になるというのには責任も伴《ともな》うでしょうが……その覚悟《かくご》は、するつもりです」

レジェスが急《せ》いて言うと、リューディアの杏色《あんずいろ》の目が少し細まった。

「……私のためを思って言ってくれるのは、とても嬉しいわ。……でもね、私はあなたの望まないことや嫌《きら》うことはさせたくないわ」

「……」

「もちろん、あなたの決意を否定するつもりはないわ。……でももしあなたが自分の気持ちを殺してでも男爵位を得ようとするのなら……それは、やめてほしい。あなた一人が苦しみ、我慢《がまん》するようなことにはなってほしくないの」

「……」

レジェスは、顔を上げた。そこで初めて彼は、無意識のうちに顔を伏《ふ》せていたことに気づいた。

リューディアがレジェスのことを思ってくれて、とても嬉しい。だが……。

「……馬鹿《ばか》ですね、私。あなたはご自分のことも私のことも考えられるというのに、私は自分の心を殺すことしか考えられないなんて……」

リューディアのために我慢して男爵になる、なんて笑えてくる。こんなの、ただの虚《むな》しい独りよがりではないか。

だがリューディアはゆっくりと首を横に振《ふ》った。

「あなたはたくさん悩《なや》んで、悩んだ末に私のもとに来てくれたのでしょう？　あなたが相談に来てくれて……今困っていることを教えてくれて、とても嬉しいわ」

「……」

「レジェス。どうか、誰《だれ》よりもあなた自身が納得《なっとく》できる答えを見つけてちょうだい。あなたが、自分の心を偽《いつわ》らない答えを見つけること……それが、私からの希望です」

「リューディア嬢……」

レジェスは、ごくんとつばを呑《の》んだ。そして、正面に座る令嬢をしげしげと見つめる。

レジェスの目に映るリューディアは、まぶしいばかりに美しい。レジェスが唯一《ゆいいつ》信じられる女神《めがみ》のような彼女は、いつもレジェスを優《やさ》しく照らしてくれる。そんな彼女が、今はいっそう神々《こうごう》しい存在に見えた。

レジェスはもう、自分の心を偽りたくはない。そして、何かを得るために何かを犠牲《ぎせい》にするやり方は、やめたい。

レジェスは、自由でありたい。そして、リューディアの手も取りたい。そのわがままな欲望を、両方叶《かな》えるために――

「……ありがとうございます、リューディア嬢」

「何か、いいことに気づけた？」

レジェスの声に張りがあったからか、リューディアが微笑《ほほえ》んで尋《たず》ねてきた。

レジェスもこわごわ微笑み、うなずく。

「はい。……今しばらく、時間をいただけませんか。必ず、『答え』を手にしてあなたのもとに戻ってきます」

「レジェス……」

「え、ええと、そのときは……事前にきちんと手紙も出しますので」

「ふふふ、そうね。よろしく頼《たの》むわよ、魔術師《まじゅつし》さん」

リューディアは、安心したように微笑んでいた。

レジェスは、謁見《えっけん》の間にいた。

「どうやら、返事を携《たずさ》えて来たようだな」

「はい」

その場に片膝《かたひざ》を突《つ》いて頭《こうべ》を垂れていたレジェスは、顔を上げた。

国王は相変わらず、何を考えているのかよく分からない顔でレジェスを見ている。彼は、レジェスがあの話を受けると思っているのか、それとも断ると思っているのだろうか。

だが国王の思惑《おもわく》が何であれ、レジェスはもう自分のやりたいことを見つけた。後はその決意を口にするだけ。

「では、レジェス・ケトラよ。一代男爵位叙爵について、返事はいかに」

国王に重々しく問われて、レジェスは口を開いた。

7章　ふたりの答え

レジェスの突撃訪問から、半月ほど経過した。

（レジェス、今どうしているのかな。少しは太れたかしら……？）

すっかり春めいてきた窓の外を見やり、リューディアは読んでいた本にしおりを挟《はさ》んで立ち上がった。

レジェスが事前の約束なしにいきなり屋敷《やしき》にやってきたときには、リューディアも驚《おどろ》いた。というのも、勇気を出してプロポーズしたというのにレジェスに逃《に》げられたことで、さしものリューディアも少々――否《いな》、かなり落ち込んでいたのだ。

小説には、「身を引き裂《さ》かれそうな思い」とか「夜も眠《ねむ》れないほどのショック」とか「失恋《しつれん》したときのことを思い出すだけで涙《なみだ》がこぼれる」とかいう表現がある。人生で初めての恋《こい》に玉砕《ぎょくさい》したと思ったリューディアはかなり落ち込んだが幸い食欲は普通《ふつう》にあったし、夜も少し眠りに落ちるまで時間がかかるくらいで不眠《ふみん》というほどでもなかった。

家族には自分からプロポーズして逃げられたことは伏せ、「レジェスから報奨金《ほうしょうきん》の贈与《ぞうよ》を提案されている」とだけ教えている。両親としても、いくらリューディアに恩があるとはいえそこまでしてもらうのは……と思っていたようだった。皆《みな》がそっとしてくれているのが、リューディアにとってありがたかった。

だが、レジェスは会いに来た。そして、リューディアのプロポーズを前向きに受け止めているのだと言って……リューディアはとても安心できた。

（後は、レジェス自身が納得する答えを見つけてくれることだけれど……）

そんなことを考えていたリューディアだが、ドアがノックされたためそちらを見やった。

「失礼します、お嬢様《じょうさま》。本日のお手紙をお持ちしました」

「お入りなさい」

リューディアが促《うなが》すと、従僕の少年が入ってきた。彼が手にした銀のトレイには、開封《かいふう》済みの手紙が載《の》っている。彼から受け取った手紙にさっと目を通していたリューディアは……ある一つの封筒《ふうとう》を見て、はっと息を呑んだ。

「レジェス……！」

そう、それはまさに、現在リューディアが求婚中《きゅうこんちゅう》の男性からであった。レターセットは上質そうで、隅《すみ》に薔薇《ばら》の型押し加工が施《ほどこ》されている。レジェスがこんな高価そうなレターセットを常用するとは思えないので、きっとリューディアへの手紙を書くためにわざわざ購入《こうにゅう》したのだろう。

従僕が出て行き一人になった部屋で、リューディアは急ぎ封筒から便せんを取り出した。

そこには、「返事」をするために伯爵邸《はくしゃくてい》を訪問したいことと、その日時などが簡潔に記されていた。

リューディアは階段を下り、ちょうど階下にいた両親にレジェスが訪問する旨《むね》を告げた。

「おや、また来てくれるのか。その日なら来客予定もないし、安心して来てもらいなさい」

「ひょっとして、財産贈与の件？　私たちも同席しましょうか？」

「い、いいえ、大丈夫《だいじょうぶ》です。私が応対します」

父がのほほんと、母が少し心配そうに言ったので、リューディアは慌《あわ》てて言った。彼らにはプロポーズの件を伝えていないし……やはり少しだけ恥《は》ずかしいので、両親を同席させずに話を聞きたい。

なお先日レジェスが突撃《とつげき》訪問してきたことについて、両親は「そうか」「あら、そう」としか言わなかった。両親の中でもレジェスは一家の救世主扱《あつか》いされているし彼が貴族のやり方に疎《うと》いことも分かっているので、一度無礼を働いたからといってそれについてとやかく言うつもりはないようだった。

そうして、レジェス訪問の日。リューディアは華《はな》やかなローズピンクのドレスの上に薄《うす》紅色《べにいろ》のボレロを纏《まと》い、レジェスとの面会に臨《のぞ》むことにした。

（気合い……入りすぎていないわよね……？）

母は「リュディのとてもかわいいところを見ていただきたいわよね」とご機嫌《きげん》だったし、メイドたちも「ケトラ様がお嬢様に見惚《みと》れるくらい、素敵《すてき》な装《よそお》いにしましょう！」とノリノリで仕度《したく》をした。

彼女らは、現在リューディアとレジェスがプロポーズの返事待機中という間柄《あいだがら》を知らないので気さくな気持ちで言っているのだろうが……当の本人のリューディアは、いたたまれなかった。

（ごめんなさい、お母様、皆《みんな》！　後で必ず、事の次第《しだい》をご報告します！）

そんなことを考えながら、リューディアはレジェスが既《すで》に待っている応接間に着き、伯爵家自慢《じまん》の家具に囲まれて居心地《いごこち》悪そうに座る黒髪《くろかみ》の青年を見つけた、が。

（……ええと。本当に、レジェス……よね？）

ついそんな疑問を抱《いだ》いてしまったのは、目の前にいる推定レジェスがこれまでとは全く違《ちが》って見えたからだった。

落ち着いた赤色のソファに腰《こし》を下ろす推定レジェスは癖《くせ》の強い髪をくくって前髪《まえがみ》も上げており、ごつごつとした額のラインが丸見えになっていた。肌《はだ》の色がそれほど悪くないように見えるのは、化粧《けしょう》をしているからかもしれない。

着ているのは、艶《つや》を消した灰色のスラックスとジャケット。成人男性の身頃《みごろ》にあったそれだが本人があまりにも痩《や》せているからか、体自体がやけに薄《うす》っぺらく見える。だが衣類が一級品であるのは一目瞭然《いちもくりょうぜん》だし、清潔な感じがする。

そんな彼はリューディアを見て立ち上がり、気まずそうに視線を逸《そ》らした。

「……お邪魔《じゃま》しております、リューディア嬢」

「……ええ。ようこそ、レジェス」

（あっ、声が同じだから本人だわ）

衣装《いしょう》や髪型は変わったが声や態度、大きな灰色の目や薄く笑う口元なども彼のままだ。世の中には自分とそっくりな人間が三人いると言われているが、ここにいるのがレジェスにたいへんよく似た別人ではなくてよかった。

レジェスはお辞儀《じぎ》をしてから、一歩リューディアに近づいた。

「……『答え』を、お持ちしました」

「……ええ」

「まずは……国王陛下からの打診《だしん》について。私は、男爵位叙爵《じょしゃく》の件についてお断り申し上げました」

「……」

「それで、代わりにというのは変ですが……私は、魔術卿《きょう》を志すことにしました」

はきはきとしゃべるレジェスを、リューディアは静かに見つめる。

（魔術卿……確か、王国魔術師団のトップのことよね）

王国魔術師団の魔術師たちを束ね、国王の護衛を務めたり議会への参加などが認められていたりする存在が、魔術卿だ。セルミア王国の魔術卿は定員三人でそのうち一人は必ず光魔術師だが、後の二人は属性問わず最も優秀《ゆうしゅう》な魔術師たちが就《つ》くことになっている。

（でも……属性は問わないと言いながら、これまで闇《やみ》魔術師が魔術卿になったことはなかったのよね）

リューディアの考えていることに察しが付いたのか、レジェスは少し厳しい表情になって言葉を続けた。

「……お察しのことでしょうが、闇魔術師が魔術卿になるのはたやすいことではありません。謙遜《けんそん》なしで正直なところを申しますと、私はとても強いし魔術師として優秀です。だから、実力一本勝負なら今の魔術卿にも勝てます。魔術卿の代替《だいが》わりの機会は、先代の引退か死亡、もしくは……決闘《けっとう》を挑《いど》まれて敗北するか、のいずれかですので」

「まあ。魔術師って元気いっぱいな方が多いのねぇ」

「年に何回かは、魔術卿の座を狙《ねら》う者が決闘を申し込むのを見ますね。まあ、たいていは挑戦者《ちょうせんしゃ》がボコボコにやられ皆にからかわれて終わりますが」

リューディアは知らなかったが、物騒《ぶっそう》なやり方でも魔術卿になれるようだ。

「闇魔術師が魔術卿になってはならない、という法律は存在しません。だから、私を法律で縛《しば》ることはできません。……ですが、人々は私を責めるでしょう。闇魔術師なんかが偉大《い　だい》なる魔術卿になるなんて許せない、と」

「……」

「しかし私は、私のやりたいことをやると決めました」

右手を自分の胸元《むなもと》に当てて、レジェスは言う。

「私は王侯《おうこう》貴族が嫌《きら》いですから、王族に仕える魔術卿になるのに抵抗《ていこう》はあります。しかし、私は権力がほしい。その権力を持った上で、あなたの伴侶《はんりょ》として恥《は》じのない振《ふ》る舞《ま》いができるようになりたい。それだけでなくて……私は、闇魔術師が忌《い》み嫌われるこの現状をも、変えたいのです」

そう語るレジェスの灰色の目には、これまでにはなかった炎《ほのお》が宿っていた。それはきっと……決意の炎だ。

「闇魔術師だから、という固定観念で全《すべ》てを否定されたくない。私たちの努力や実力が正しく評価され、その力を存分に発揮できる機会を与《あた》えてほしい。……いや、自分からその機会を摑《つか》み取りたいのです」

それは……これまで虐《しいた》げられてきたレジェスだからこそ、言える言葉だった。

「私は誰《だれ》かに与えられた男爵位などではなくて、自分自身で手に入れたものを誇《ほこ》れるようになりたい。そうすれば……私のように辛《つら》い思いをする闇魔術師が、生まれなくなるはずです。だから私は、魔術卿になります。……その道が険しく、私を蔑《さげす》もうとする者や邪魔しようとする者がいても……必ず、私が決めた未来を掴み、あなたの隣《となり》に立つにふさわしい男になります」

「レジェス……」

リューディアの声が、少し震《ふる》える。

(あなたは……これほどまでのことを考え、決意したのね)

自分だけでなく、同じ属性とさだめを背負った仲間のため。そして……今現在もこの世界のどこかで虐げられているだろう者たちや、これから生まれる子たちのために。

ふふっ、とリューディアは微笑《ほほえ》んだ。

「……とっても素敵だわ、レジェス。あなたが魔術卿になったら……もし私たちの子が闇魔術師だったとしても、その子を悪く言う者もいなくなるわね」

「は、はい。そのことも考えまして……はい」

「でも魔術卿になったら、あちこちに顔を出さなければならないでしょう？　それこそ……社交とか」

「うっ」

リューディアの指摘《してき》を受けたことで、それまでは堂々としていたレジェスの顔に焦《あせ》りの色が浮《う》かんだ。

「え、ええと……はい、実はそうなのです。魔術卿は王族の護衛だけでなくて、晩餐《ばんさん》会に同席したりパーティーに行ったりもしなければならないそうで……」

「……」

「……正直、少し……いえ、かなり不安ではあります」

「そう。……それじゃあ、そのときは私があなたを守るわ」

まごまごしていたレジェスが、顔を上げた。リューディアは一歩レジェスに近づき、微笑んだ。

「私は非力だから剣《けん》を持てないし、魔術師の素質もないから魔術も使えない。だから、荒《あら》事《ごと》になると何もできないし……前みたいに魔物に襲《おそ》われても、あなたに頼《たよ》るしかできなくなる」

「それは……」

「でも、私はこれでも社交には慣れているの。だから、あなたが人前に出なければならないときには私も一緒《いっしょ》に行く。あなたが皆《みな》との会話で困っているときには私が代わりにお話をするし、あなたを悪く言う人がいるのなら私があなたを守る盾《たて》になる。あなたが辛い言葉を一つ吐《は》かれたら、私はあなたのいいところを十答える」

「……」

「そうやって、私は私にできる形であなたを守っていくわ。そうして、私ではどうにもならないときにはあなたの力を借りる。……そうやってあなたと助け合って生きていきたい」

リューディアでは剣も魔術も扱《あつか》えないし、成人男性などの前ではいともたやすくねじ伏《ふ》せられてしまうだろう。だから、そういうときはレジェスを遠慮《えんりょ》なく頼る。

だが、守られてばかりなのは平等ではない。もしレジェスが社交や人間関係などで困っているのなら、リューディアが前に出る。レジェスを傷つけようとする者から、彼を守り抜《ぬ》いてみせる。

レジェスは最初、ぽかんとしてリューディアを見ていた。だが彼は小さく笑うと、やがておなじみのクックック笑いをした。

「クク……ええ、そうでしたね。あなたは昔から、勇敢《ゆうかん》で公正な方でした」

「ふふ、ありがとう」

リューディアも笑うと、レジェスは一息ついて真面目《まじめ》な顔になり、しばし瞑目《めいもく》した後に目を開いた。

「あなたの決意に感謝します、リューディア嬢《じょう》。私も……あなたと、互《たが》いを守り合える関係でありたいと思っています」

「ありがとう！　ええと、それじゃあ、あの返事は……」

「……その件についてですが。これでも私は、男ですからね。それなりのプライドはありますし、見栄《みえ》を張りたい気持ちもあるのですよ」

レジェスはそう言うと、右手を肩《かた》の高さに上げた。その細い指先がひらめき——彼の手の中に小さな花束が現れたため、リューディアは思わず歓声《かんせい》を上げた。

「まあ！　今のも、闇属性魔法《まほう》!?」

「ククク……ええ、そうです。鮮度《せんど》が落ちぬよう闇の中に保管しておいたものを引っ張り出してきました」

湿《しめ》っぽく笑ったレジェスは、みずみずしい花束をリューディアに差し出した。

「……私は、闇魔術師です。短命で、見目も性格も悪い自覚があります。金は人一倍稼《かせ》げますが、長所は本当にそれくらいです」

「……」

「あなたは……こんな私には、ふさわしくない。私では、光り輝《かがや》くあなたを穢《けが》し、曇《くも》らせてしまう。気の利《き》いた会話の一つもできないし、あなたを笑顔《えがお》にできないかもしれない。

……それでも」

レジェスは目尻《めじり》を赤く染め何度か口を開閉させて言葉を吟味《ぎんみ》してから、意を決したように息を吸う。

「……一生をかけて、大切にします」

「レジェス……！」

「す、好きです、リューディア嬢。私と……こんな私でよければ、結婚《けっこん》してください！」

……胸が、熱い。

目元を潤《うる》ませてこちらを見つめるレジェスが——愛《いと》おしい。

「……はい！」

言葉と同時に花束を受け取り、そのままレジェスの胸元に飛びつく——が、相手は背こそ高いが痩身《そうしん》なので、二人して床《ゆか》に倒《たお》れ込んでしまった。

「きゃっ⁉」

「くっ……！」

なんとかレジェスがリューディアを抱《だ》きかかえてくれたため、レジェスが背中を床に打ち付けただけで済んだが、リューディアは慌《あわ》てて身を起こした。

「ご、ごめんなさい！　その……プロポーズしてくれて、嬉《うれ》しくて……！」

「リューディア嬢……」

「あの、ごめんなさい。すぐに退《ど》くわ……」

「……いいんです。もう少し、このままで」

そう言うやレジェスは立ち上がりかけたリューディアの腰《こし》を抱き、ぎゅっと抱き寄せてきた。人間の胸板《むないた》というよりごつめの木材か何かのような触感《しょっかん》のレジェスの胸元だが、そこに頬《ほお》を当てると低めの体温が感じられた。

二人は顔を見合わせ、そして同時にふっと笑った。

「……私にできる限り、あなたを守り幸せにします、リューディア嬢」

「ありがとう。私もあなたを幸せにできるように努めるわ、レジェス」

今結婚を約束したばかりの婚約者は、皆から根暗で陰気《いんき》だと言われているかもしれない。

(でも……私はこの不器用な人が、好き)

床に倒れ込み、どちらの衣服もぐしゃぐしゃになってしまったという、ちっとも絵にならない光景。

だがリューディアにとっての幸せは確かにここにある、と言えた。

終章　私の婚約者は、

レジェスから改めてプロポーズされたことで、晴れてリューディアはレジェスと婚約することになった。

二人一緒にリューディアの両親のもとへ報告に行くときには、リューディアはともかくレジェスはかなり緊張《きんちょう》している様子だった。だが別室にいた両親に事の次第《しだい》を話すと、二人とも大いに喜んでくれた。

「それは……なんという、素晴《すば》らしいことだ！」

父は感極《きわ》まった様子で叫《さけ》ぶと、リューディアの隣《となり》に座るレジェスの手をがしっと握《にぎ》った。父とレジェスはさほど身長の差はないが、健康的な父のがっしりとした手の中でレジェスのぺらぺらの手がぺしゃんこになっていた。

「君のもとにリューディアが嫁《とつ》げて、嬉しい。ありがとう、ケトラ殿《どの》！」

「え、ええ……？」

「わたくしからもお礼を申し上げます、ケトラ殿。リューディアを見初《みそ》めてくれて、ありがとう」

母もにっこり笑顔で言うと、いよいよレジェスは困惑《こんわく》を隠《かく》せない顔になった。

「あの、僭越《せんえつ》ながらお伺《うかが》いしますが……伯爵《はくしゃく》夫妻はリューディア嬢を私の妻にすることに、何の異論もないのでしょうか……？」

レジェスがおずおずと問うと、父は不思議そうに首を傾《かし》げた。

「なぜ異論があるのだ？　レジェス殿は、私の潔白を証明してくれた恩人だ。そのような人が娘《むすめ》を見初めてくれたことに、感謝こそすれ異論を持つようなことはないのではないか」

「……私は……闇《やみ》魔術師です。私の力を快く思わない者は、たくさんおります」

ジャケットの胸元《むなもと》をぎゅっと握りしめたレジェスが言うと、父は片眉《かたまゆ》を跳《は》ね上げた。

「君が闇魔術師であるのは、変えようのない事実だ。そして、君が私たちにとっての恩人であり、魔物討伐《とうばつ》作戦でも活躍《かつやく》した英雄《えいゆう》であるというのも事実ではないかね？」

「しかし……それも高潔な心があったからではなくて……ただ、リューディア嬢を助けたいと思ったからで……」

「私としては、誰《だれ》にでも優《やさ》しくする八方美人よりは、娘のことだけを愛してくれる人の方が信頼《しんらい》できると思っている」

「そうよね。もし伯爵家に何かあったとしても、ケトラ殿はリューディアのことを守ってくれるでしょう？」

「この命に代えてでも、お守りします」

レジェスはきりっとして言ったが、リューディアからするととんでもない発言だ。

（……もうっ！　この人ったら！）

「ちょっと、そんな縁起《えんぎ》でもないことを言わないで。私、あなたとずっと一緒《いっしょ》にいたいのだから」

リューディアがそう言ってレジェスの上着の裾《すそ》を引っ張ると、彼はそれまでの凛《りん》とした顔を一瞬《いっしゅん》で溶《と》かし、もじもじそわそわし始めたのだった。


「えええっ!?　姉上、レジェス殿と結婚するの!?　うわー、おめでとう！」

両親に報告した際アスラクはどこかに遊びに行っているようで不在だったので、帰宅した彼にもリューディアとレジェスの婚約について話すとたいそう喜ばれた。元々彼は個人的にレジェスのことをすごく気に入っていたようで、レジェスの手をがっしりと握るアスラクは満面の笑みだ。

「いやぁ、まさかあなたが姉上の心を射止めるとは！　ああ、もちろん僕は大大大歓迎《だいだいだいかんげい》ですよ！　むしろありがとうございます、レジェス殿！」

「えっ……ええ、と……どういたしまして……」

「あのですねあのですね、それじゃあこれから僕もレジェス殿と近しい間柄《あいだがら》になりますし……今度是非《ぜひ》とも、あのもくもくを触《さわ》らせてくださいね！」

「えと、それは……」

「まあ……アスラク。もくもくとは、何のことなの？」

「興味深い単語だな。どれ、私も触らせてもらえないだろうか？」

「あうぅ……ええと……その……。……また、今度ということで……」

アスラクだけでなく両親まで目を輝かせているからか、さしものレジェスも折れたようだ。

（無理していないかしら……？）

少し心配になったが……きらきらの目をするアスラクたちからふいっと顔を背《そむ》けたレジェスは唇《くちびる》の端《はし》に穏《おだ》やかな笑《え》みを浮《う》かべており、リューディアもほっとしたのだった。


セルミア王国では、結婚を約束した男女は婚約宣誓《せんせい》書なるものを提出することになっている。

たいそうな名前ではあるが要するに、「私たちはこれから婚約します」という意思表示のようなものだ。二人が専用の書類にサインをして教会に提出すればそれだけで、宣誓完《かん》了《りょう》だ。

だが多くの婚約者《こんやくしゃ》たちは、この宣誓書を提出しに行くというイベントをとても楽しみにしている。宣誓書が教会に受理された瞬間に二人は婚約者になるので、その記念すべき瞬間を愛する人と共有し、感動を分かち合いたい……と思うものだった。

だからリューディアも、婚約宣誓書を提出しに行く日をとても楽しみにしていた。レジェスの方は最初こそ、「紙を出すだけでしょう」としらけた雰囲気《ふんいき》だったがリューディアが「私はあなたと一緒に提出しに行くのがとても楽しみだわ」と言った瞬間に、「私もとても楽しみです」ときりっと発言していた。

そういうことで、リューディアは教会に行く際に着るドレス選びなどで何日も前から頭を悩《なや》ませ、母やメイドたちを巻き込んであでもないこうでもない、と大騒《おおさわ》ぎだった。なお父に意見を問うても「リュディは何を着ても可憐《かれん》だ」としか言わないし、アスラクに聞いても「全身金色とか、縁起がよさそうだよね！」とか言うので、女性だけで考えることにしていた。

かくして、準備万端《ばんたん》で提出日を迎《むか》えたリューディアだが。

「姉上、大雨だね！」

「ええ、本当に。こんな雨、滅多《めった》に降らないわね」

昨日までは春の心地《ここち》よい日差しさえ感じられたというのに、朝起きたらとんでもない勢いで雨が降っていた。これは、庭の草花たちも大喜びだろう。

時間になったら、レジェスが屋敷《やしき》にやってきた。彼は闇魔術《まじゅつ》を駆使《くし》して雨をしのいできたようだが、玄関《げんかん》に通した彼はいつも以上に顔が青白かった。

「おはよう、レジェス。……顔色がよくないけれど、雨で冷えていない？　大丈夫《だいじょうぶ》？」

「おはようございます、リューディア嬢《じょう》。私の顔色が悪いのはいつものことですので、お気になさらず。それにしても……ククク。私のせいで、大雨になりましたね」

「あら、闇魔術で雨も降らせることができるの？」

「違《ちが》います。きっと、恐《おそ》れ多くも麗《うるわ》しき伯爵令嬢を娶《めと》ろうとしている私に怒《おこ》った神が、宣誓書を出させまいと意地悪をしたのでしょう」

「そう？　私は逆だと思うわ」

雨傘《あまがさ》を手にしたリューディアは微笑《ほほえ》み、ほら、と窓ガラスに打ち付ける雨粒《あまつぶ》を手で示した。

「あなたは日光が苦手なのでしょう？　だからきっと神様が、レジェスが無事に教会まで行けますように、という思いで雨にしてくれたのよ」

「……。……これでは馬車もうまく動きそうにないですが」

「そうねぇ。でも、ゆっくり進めば大丈夫よ。それにゆっくり進んでいたらその分、馬車の中であなたと二人きりでいられる時間も長くなるじゃない？」

ね？　と首を傾げて顔をのぞき込むと、レジェスは「んんぇぇ……」と変な声を上げてうつむいてしまった。

馬車の準備ができたようなので、母とアスラクに見送られてリューディアたちは馬車に乗った。玄関ぎりぎりまで馬車を横付けしてもどうしても隙間《すきま》ができてしまうのだが、むっつり顔のレジェスが指を振《ふ》ると例のもくもくが現れ、リューディアの頭上を覆《おお》ってくれた。

「まあ、こういう使い方もあるのね！」

「闇魔術は実体がはっきりしないものなので、やろうと思えばいろいろなことができます。……私はともかく、あなたを濡《ぬ》らすわけにはいきませんので」

「ありがとう。でも、あなたも濡れないようにしてね。あなたが風邪《かぜ》を引いたりしたら、私も悲しいから」

「……ぜ、善処します」

そう言うレジェスの頬《ほお》は、ほんのりと赤い。今日は少し肌寒《はだざむ》いので、体が温まったようなら何よりだ。

二人を乗せた馬車が、ゆっくり動き出す。事前にリューディアが「ゆっくりでいいから、安全第一でお願い」と御者《ぎょしゃ》に指示を出していたので、馬車は速度こそゆっくりだが泥水《どろみず》を跳《は》ねたり車体をぐらつかせたりすることなく住宅街を走っていく。

リューディアは、ちらっと隣《となり》を見た。最初、レジェスはリューディアの対角線上に座ろうとしたが「遠くだと寂《さび》しい」とリューディアが言った直後、すっと隣に座ってくれた。優しい恋人《こいびと》を持てて、リューディアは幸せ者だ。

　春らしい若葉色のドレスを着て髪《かみ》もきれいに巻いているリューディアと違い、レジェスはいつもと同じ黒いローブ姿だった。彼もいろいろ悩んだらしくて事前に相談してきたのだが、「私はあなたのローブ姿、好きよ」と言うと、戸惑《とまど》いつつも嬉《うれ》しそうに微笑んでくれた。プロポーズの際の正装姿のレジェスも格好よかったが、やはり彼の身分を表す漆黒《しっこく》のローブ姿が一番素敵《すてき》に見えるとリューディアは思っている。

「……しかし、やむどころかますます激しく降りますね……」

　窓の外を見ていたレジェスが、忌《い》ま忌ましそうに言う。確かに、朝起きたときよりも雨の勢いは強まっているように思われる。道行く人々も、傘《かさ》を差したりコートのフードを被《かぶ》ったりして少しでも雨をしのごうとしているようだが、それでも完全に防ぐことは難しいだろう。

「……私は雨、好きよ」

　リューディアがぽつんと言うと、レジェスは怪訝《けげん》そうに振り向いた。

「そうなのですか？　……日光が嫌《きら》いな私はともかく、あなたにとって雨は何のメリットにもならないでしょう。せっかくの美しいお召《め》し物も濡れてしまいますし」

「そうね。でも……雨の日は、こうしてあなたの近くにいられるもの」

そう言ってそっとレジェスの方に身を寄せると、大げさなほどビクッと大きく彼の体が揺《ゆ》れた。距離《きょり》を詰《つ》めると、彼のローブからふんわりと優しい香《かお》りが漂《ただよ》ってきていることに気づいた。これはおそらく、薬草の匂《にお》いだろう。

「……ほら、あなたの匂いもよく分かる」

「ええっ⁉　く、臭《くさ》くないですか⁉」

レジェスはぎょっとして、自分のローブの袖《そで》を鼻に近づけて一生懸命嗅《いっしょうけんめいか》ぎ始めた。そして、「何回も洗濯《せんたく》したのに……」と絶望的な顔でぶつぶつ言っている。

「あなたが大好きな薬草の匂いがするわ。……ふふ。これが、私の大好きな人の匂いでもあるのね。……この匂いがしていると、あなたに守ってもらえているという感じがするわ。あなたはいつも、私を見てくれていたのでしょう？」

「あうぅ……あの、つきまとっていたときのことは、その……申し訳なく思います……」

「もう、そういうことを言いたいんじゃないの。……この薬草の匂いに包まれていると、とっても安心できるってことよ」

そう言ってリューディアがレジェスの肩口《かたぐち》に顔を近づけてすんすんと匂いを嗅ぐと、レジェスはぴしっと固まった。

「……リ、リューディア嬢。その、あまりそういうことを言われては……」

「雨の話に戻《もど》るけれど」

「あ、はい」

「私があなたと出会った日もあなたと婚約する日も雨だなんて、とっても素敵なことじゃない？」

「……あ」

レジェスは目を見開き、おもむろに自分の口元に手をやった。徐々《じょじょ》にその顔に喜色が浮《う》かんできて、なんだかリューディアも嬉しくなってくる。

……そう、きっとこれも神の祝福なのだ。雨の日にリューディアとレジェスが出会い、婚約者になるという……素敵な偶然《ぐうぜん》を与《あた》えてくれたのだ。

レジェスはしばらくの間沈黙《ちんもく》していたが、やがてククク、と小さく笑った。

「……なるほど。それなら……私もこれからは雨の日が好きになれそうです」

「あら、あまり好きではなかったのね？」

「それは、まあ。……私の髪、湿気《しっけ》ではねるのですよ。雨の時季にはもう、毎日鏡を見るのも嫌《いや》になるくらい爆発《ばくはつ》して……」

「まあ」

それは確かに、大変かもしれない。

（私の髪はしょっちゅう寝癖《ねぐせ》は付くけれど濡れてもあまりはねないのよね。きっと癖毛《くせげ》の人たちは、私では想像もできないような苦労をしているのね……）

リューディアは体を傾《かたむ》けて、レジェスの肩に身を預けた。先ほど少し近づいただけでも動揺《どうよう》したレジェスなので、「ええっ⁉」とひっくり返った声を上げたが――リューディアがじっと見つめているとごくっとつばを呑《の》んだ。

「あ、あの……」

「レジェス。私、こうしていろいろなことをあなたと話していきたいの」

恥《は》ずかしながら、リューディアは今の今までレジェスの癖毛のことも雨があまり好きではなかったことも、知らなかった。

これから二人は婚約者《こんやくしゃ》として、そして……いずれ夫婦《ふうふ》として、共に過ごしていく。その過程で、いろいろなことを話したい。

好きなものも、嫌いなものも。楽しかったことも、悲しかったことも。たくさん彼と話をして、共有していきたい。

「これから、たくさんのあなたを知りたい。……同時に、たくさんの私をあなたに知ってもらいたいの」

「リューディア嬢……」

「あなたも同じように思ってくれたら嬉しいわ」

そう言って微笑むと、レジェスはぎこちなく微笑んだ。社交界で貴公子たちが見せてくるような華《はな》やかな笑顔《えがお》とは全く違うが……それでもリューディアは世界中の誰《だれ》より、レジェスが見せてくれるこの笑顔が好きだった。

「……はい。私も……あなたとたくさん話がしたいです。あなたのことも知りたいし……その、いずれは私のことや……過去のことも」

「……ええ。いつか、教えてね」

そう言ってリューディアは目を閉じ、レジェスの薄《うす》っぺらい肩に身を預けた。

雨は、まだちっともやみそうにない。


通常よりずっと時間をかけて、二人は教会に向かった。

既《すで》に予約はしていたので、初老の神官が笑顔で出迎《でむか》えてくれた。彼は華やかなリューディアの隣にいるのが全身黒ずくめのレジェスでも眉《まゆ》一つ動かさず、「あなた方が婚約する瞬間《しゅんかん》を見届けられること、嬉しく思います」とこなれた様子で祝福の言葉を述べた。

神官が説教台の前に立ち、リューディアとレジェスは並んでクッションの上に膝《ひざ》を突《つ》いた。そして神官の説教の後に、リューディアが左手、レジェスが右手で持った婚約宣誓《せんせい》書を神官に差し出した。

彼がそれを受け取って内容に目を通し、「確かに確認《かくにん》しました。おめでとうございます」と言ったことで、二人の婚約が認められた。

（これで、私たちは婚約者同士……）

神官が丁寧《ていねい》に宣誓書を綴《と》じるのを見届けるリューディアの胸は、感動でいっぱいだった。

親戚《しんせき》や友人をたくさん招いて華やかなパーティーにすることの多い結婚式と違い、婚約宣誓書提出は本人たちと神官の立ち会いのみで行われる。だからリューディアも結婚式には参加したことがあっても宣誓書提出については経験者から話を聞くのみだったので、なんともしみじみとした気持ちになれた。

(あっ、レジェスはどうかしら)

横を見ると、レジェスは意外と真剣《しんけん》に礼拝室の内装を眺《なが》めていた。彼は神を信じないそうだが、教会というものには関心があるのかもしれない。

「レジェスは、どんな気分?」

「……そうですね。ただ紙を出すだけと言ったらそれまでですが……なるほど、無関係の者の一切《いっさい》存在しない静謐《せいひつ》なこの場所で提出することに意味があるのかもしれない、と思いました」

そう真剣な顔で言うので、案外彼は好奇心旺盛《こうきしんおうせい》な研究者肌《はだ》なのかもしれない。意外と、アスラクと話が合うのではないか。

教会を出たときは、おそらく本日最高レベルの降雨量になっていた。渋《しぶ》い顔のレジェスがまたしてももくもくでリューディアの体を守ってくれたが、ここまで降られるといっそ笑い話になりそうだ。

　往路と同じく時間をかけて馬車は進み、結果として当初の予定の二倍近い時間をかけてリューディアたちは帰宅した。そしてまだ外は雨だしせっかくなのでレジェスを屋敷《やしき》に招き、お茶を飲むことになった。

　だが、応接間のソファに並んで座るリューディアとレジェスのもとに茶と菓子《かし》を運んできたのはメイドではなくて、なぜかアスラクだった。

「お茶とお菓子です！　変なものは入っていないので、どうぞ！」

「あなたが言うと本当なのか嘘《うそ》なのか分からないから、やめなさい」

「あはは……ごめんごめん。あ、レジェス殿《どの》――じゃなくて、義兄上《あにうえ》！」

「んぶっ」

　くるりと振《ふ》り返ったアスラクがとてもいい笑顔で言ったため、レジェスは小さく噴《ふ》き出した。まだカップを手に取っていなくて、よかった。

「……ま、まだ婚約したばかりなので、普通《ふつう》に呼んでください」

「ええっ、僕、あなたを義兄上と呼べるのをすっごく楽しみにしていたんですよ！　ということで……姉上とのご婚約、おめでとうございます」

「え、あ、はい……その……どういたしまして」

　アスラクの勢いに呑まれている様子のレジェスがぎこちなく答えると、アスラクはにっこりと笑ってレジェスに一歩近づいた。

「いやぁ、それにしてもこんなに格好いい人が家族になるなんて、嬉《うれ》しいなぁ！　ああ、そうだ。姉上は一足先にあのもくもく、触《さわ》っているんですよね？　また今度でいいので、僕にも触らせてくださいね！　そしてあわよくば、乗らせてください！」

「……」

「はい、もう、そこまでよ。レジェスに会えて嬉しいのは分かるけれど、一度にあまりたくさん言わないの。困っているでしょう？」

「ああっ、そうですね！　それじゃあ僕はこれから自室で幼虫の世話をしますので、失礼しますね。どうぞごゆっくり！」

アスラクはぴっと片手を上げると、るんるん調子よく応接間を出て行った。そういえば、最近彼は昆虫《こんちゅう》を卵から孵《かえ》すことにはまっているようだった。

(外に出たら普通にいい子なのに、どうして身内の前だとあんなに弾《はじ》けてしまうのかしら……)

やれやれ、と弟を見送ったリューディアだが、ここしばらくレジェスが発言していないことに気づいた。

レジェスは、瞬《まばた》きこそしているが黙《だま》って硬直《こうちょく》していた。先ほどまでアスラクがいた場所をじっと見ているので……きっと、彼の発言で引っかかったことがあるのだろう。

「レジェス、騒《さわ》がしい弟でごめんなさい。……何か気になることでもあった？」

「……。……あ、い、いえ。その……弟君は私にとっては少々圧が強いのですが、とても爽《さわ》やかでよい青年だと思いますよ」

「ソフトな表現にしてくれて、ありがとう。……でもあなた、少し固まっていなかった？」

「……それは」

リューディアの指摘《してき》を受けたレジェスは、言葉を頭の中で整理しているのかしばらく黙った後に、ためらいがちに唇《くちびる》を開いた。

「……先ほどのアスラク様の言葉に、少々驚《おどろ》いてしまいまして」

「幼虫のこと？」

「あ、いえ、それも気にはなりましたが……その前におっしゃっていた……ええと、家族、についてです」

レジェスはアスラクが去って行った後のドアを見やり、顎《あご》の先を指先で掻《か》きながら言った。

「……私たちが、ええと……ふ、夫婦になることはその、理解しておりました。しかし同時に、シルヴェン伯爵《はくしやく》家の方々が姻族《いんぞく》になるのだということには、今気づきまして……」

「……」

「私の両親はどうしようもないクソですし、年齢《ねんれい》問わず私をいじめてきたきょうだいたちも、家族とは思いたくない連中ばかりです。ですが……直接の血縁《けつえん》関係はなくても、私に家族というものができるのだと思うと……その……う、嬉しくて……」

「レジェス……！」

「え、ええと、しかし、私のような者が伯爵家の縁者になるなんて、恐《おそ》れ多いですし……」

「ううん、アスラクの言う通りよ」

手袋《てぶくろ》に包まれたレジェスの手を取ると、薄っぺらいそこがビクッと震《ふる》えたのが分かった。

いつか……いや、きっと近い将来、リューディアがこうして触《ふ》れてもレジェスが驚かないようになる日が、来るはずだ。

「あなたはとてもしっかりしているから、むしろ私たちの方があなたに頼《たよ》ることになるかもしれないけれど……お父様もお母様もあなたのことを歓迎《かんげい》しているし、アスラクも、まあ、見ての通りだからね。何かあったらいつでも、私たちを頼って。私たち……家族になるのだからね」

「リューディア嬢《じょう》……」

しばらくの間、ふるふる震えながらリューディアを見ていたレジェスだったが、やがて咳払《せきばら》いするとおずおずとリューディアの手を握《にぎ》り返した。

「そ、その……改めて、言わせてください。こんな根暗で陰気《いんき》な男と婚約《こんやく》してくださり、ありがとうございます。……その、私にできる限り、あなたを幸せにします」

「ふふふ、ありがとう。でもね、他《ほか》の人が何と言おうと……あなたは私だけの王子様よ」

そう言って笑うと、レジェスは少しだけ驚いたようだがやがて照れたように笑った。

「……私の婚約者は、とてもまぶしい人ですね」

そう言うレジェスの声は、限りない優《やさ》しさにあふれていた。


雨は二人がお茶を飲みながら話をしている間に小降りになり、レジェスがそろそろおいとまする頃《ころ》になるとようやく上がり、雲間から日光が差し込んでいた。

「今日は本当にありがとう、レジェス」

「こちらこそ。……その、これからはできるだけあなたと過ごせる時間を捻出《ねんしゅつ》できるようにするので……連絡《れんらく》、しますね」

「ええ、ありがとう！」

リューディアと違《ちが》って、レジェスは仕事をしている。そんな彼がリューディアのために時間を取ろうとしてくれることが嬉しくて、リューディアは笑顔《えがお》でレジェスを見送った。

縦に長い黒い姿が門をくぐって行ってから、リューディアは屋敷に戻《もど》った。

自室に上がろうとしたら、メイドに呼び止められた。先ほど使用した応接間の片付け中だったようで、ティーセットを手に持っている。

「……あっ、お嬢様」

「どうかしたの？」

「先ほどケトラ様がお座りになっていた場所に、封筒《ふうとう》がございまして。わたくしが触れてよいものかと迷ったもので……」

(封筒……?)

もしかすると、レジェスの忘れ物かもしれない。万が一魔術師《まじゅつし》団関連のものだったら、すぐに届けなければならないだろう。

そう思い急ぎ応接間に向かうと、確かにレジェスが座っていたソファにぽつんと白い封筒が置かれていた。裏返しになっているので、宛名《あてな》は見えない。

だがそれをつまんでひっくり返したリューディアは、息を呑《の》んだ。

(私宛《あ》て……?)

封筒の表には、「リューディア・シルヴェン伯爵令嬢へ」という宛名が、カクカクした字で書かれていた。

急ぎペーパーナイフを持ってこさせて、封を開ける。中に入っていたのはぺらっとした便せん一枚で、そこに書かれている内容もわずか一行のみだった。

——だが。

「っ……レジェス!」

手紙を読んだリューディアは声を上げて手紙をテーブルに置き、一目散に玄関《げんかん》の方へ向かった。

雨上がりで湿《しめ》った芝生《しばふ》を踏《ふ》みしめ、驚いた顔をする門番の横を通り抜《ぬ》け、リューディアは小股《こまた》で歩いていた婚約者の背中を見つけ——もう一度、大きな声で彼の名を呼んだ。

屋敷《やしき》の外で、婚約者たちが抱《だ》き合い——男の方が踏ん張りきれなくてよろけ、二人して水たまりに突《つ》っ込んでいる頃。

窓から入ってきた風を受けて、応接間のテーブルに置かれていた便せんが、ふわり、と揺《ゆ》れた。

そこにはぎこちなくも誠意に満ちた字で、「七年前から、あなただけをずっと想《おも》っています」と書かれていた。

書き下ろし番外編　リューディアの好奇心

リューディアとレジェスは教会に婚約宣誓書《せんせいしょ》を提出し、婚約者として認められた。これから二人は結婚に向けて準備をしつつ、お互《たが》いのことをもっと知っていく。

「……え？　私の気持ち？」

リューディアが自分の顔を指さして問うと、向かいの席に座っていたレジェスはうなずいた。

相変わらず彼の顔色は良いとは言えないが、表情は以前よりも和《やわ》らいでいるように思われた。

「はい。……私は、あなたが考えていることを読み取るのが苦手です。これまでにも無自覚のうちに、あなたにとって不快なことをしているかもしれなくて……あなたのお気持ちを聞きたいのです」

レジェスに言われて、そういうことかとリューディアは理解した。

今日、リューディアはレジェスを屋敷《やしき》に招いてティータイムを過ごしている。二人が婚約してまだ両手の指で数えられるほどの日数しか経《た》っていなくて、二人きりで過ごす時間はまだ少しだけぎこちない。それでもレジェスはリューディアの誘《さそ》いに快く応《こた》え、仕事の休憩《きゅうけい》時間に伯爵邸《はくしゃくてい》に来てくれていた。

（今日うちに来たときから、レジェスは何か言いたそうな顔をしていたけれど……そういうことだったのね）

「気を遣《つか》ってくれてありがとう。でも、私はあなたの言動で不快な思いをしたことはないわ」

「そう……ですか？　私は、人の神経を逆なでするようなことを平気で口にするたちなのですが……」

それは意外だ、とリューディアは目を瞬《またた》かせた。

（私の前では、いつも丁寧《ていねい》で思いのこもったことばかり言ってくれるけれど……もしかすると普段《ふだん》のレジェスは意外と、ずけずけとものを言うタイプなのかもしれないわね）

何にしても、彼が心配しているようなことは何もない。

「大丈夫《だいじょうぶ》よ。あなたはいつだって優しい、私の自慢《じまん》の婚約者だもの」

「シンンっ！　……そ、それは光栄です。で、ですが、その、他に……今のうちに私にしてほしいことなどがあれば、聞いておきたくて……。たとえば、誰《だれ》か消したい人がいるとか」

「うーん……そういう人はいないわね」

顎《あご》に手をやって、リューディアはしばし考え込んだ。

（……あっ、そうだわ！）

「ねえ、レジェス。私、せっかくだから触《さわ》りたいものがあるの」

「なっ、何にですか⁉」

「ほら、あの黒いぷるぷるしたもの。前に王城であなたに助けてもらったとき、私をあなたのところに案内してくれたあれよ」

あれ、と言いながらリューディアは両手でだいたいの大きさを示した。

以前、王城で開催《かいさい》されたパーティーで王女ビルギッタに声を掛《か》けられたとき。リューディアがレジェスを探していると、黒いぷるぷるしたものが現れてレジェスのもとまで導いてくれたのだった。

（レジェスのもくもくは、お願いしたら触らせてくれたし……せっかくだから、あのぷるぷるも触ってみたい！　きっとぷるぷるのもちもちで、ひんやりしているわ！）

レジェスは一瞬《いっしゅん》リューディアが何を言っているのか分からなかったようでぽかんとしていたが、やがて「……ああ、あれですか」とつぶやいて、手の中にぷるぷるを呼び出した。

レジェスの骨張った手のひらに収まるほどの大きさの、黒いぷるぷる。前回は暗い庭園だったので表面が濁《にご》って見えたが、明るい部屋で見たそれは吸い込まれそうなほどつややかな黒色で、上からのぞき込むとリューディアの顔が歪《ゆが》んで映っていた。

「かっ、かわいい！　そう、これよ！」

「かわいいですか……？　これ、私の魔力を凝縮《ぎょうしゅく》させたものなのですけれど……」

「ぷるぷるしていて、かわいいわよ。ねえ、これ、触ってもいい？」

「……それは」

「だめ？」

「だめではありませんっ！」

小首を傾《かし》げて問うと、レジェスは勢いよく即答《そくとう》した。そしてリューディアがわくわくしながら両手を差し出すと、ぷるぷるはしばらくの間レジェスの手の中で震《ふる》えていたが、やがて観念したようにぽよんと跳《は》ねてリューディアの手の中に着地した。

（こ、これはっ⁉）

「きゃっ！　予想通り、ぷるっぷるだわ！　それに、冷たくて気持ちいい！」

「……」

「うふふ、つまむと伸《の》びるのね。ほらほら、びよーん……」

「……んんんっ」

リューディアがぷるぷると戯《たわむ》れていると、レジェスは両手で顔を覆《おお》ってうつむいてしまった。指の隙間《すきま》から「かわいい……」と言う声が漏《も》れたが、ぷるぷるに夢中になっているリューディアの耳には届かない。

「本当に面白《おもしろ》い子ね……ほーら、ぷるぷるしてちょうだい？」

そう言いながらリューディアがぷるぷるを持ち上げて頬《ほお》ずりすると、レジェスは目を見開いた。

「うっ、あ……！　尊い……！」

「何か言った？」

「なんでもありませんっ！　あの、ご満足いただけたらそろそろ、返していただきたく……」

「……ねえ、レジェス。この子、もらったらだめ？」

「だめです！」

レジェスにしては全力で断ったためリューディアが目を丸くすると、彼ははっとした様子になりおろおろと視線をさまよわせた。

「あ、ええと……その、すみません、大声を上げて」

「いいのよ。よく考えればこれは、あなたの魔力《まりょく》でできているものね。あなたと離《はな》れたらかわいそうだわ」

「ええぇ……いえ、その。かわいそうだからではないのですが……」

「それじゃあ、どうして？」

リューディアの問いにレジェスはしばし黙《だま》ったが、やがて観念したように口を開いた。

「……それが、あなたの近くにいると思うと……。……してしまうので」

「何をするの？」

「……嫉妬《しっと》、です」

ぼそぼそと言うなり、レジェスは頭を抱《かか》えるように丸くなってしまった。

しっと、嫉妬——と頭の中で繰《く》り返したリューディアは、まあ、と声を上げる。

「あなたもこのぷるぷるが大好きなのね！」

「逆ですっ！」

「逆？　それじゃあ、この子に嫉妬してしまうの？」

手を小刻みに動かしてぷるぷるを振動《しんどう》させながらリューディアが問うと、レジェスは丸くなった格好のままうなずいた。

「その……あなたに可愛《かわい》がられるそれが、うらやましくて……ただぷるぷるしているだけなのに愛《め》でられると思うと、胸の奥がもやもやして……」

「……」

「……すみません、今の、なしで」

「あら、どうして？　……私、こうしてレジェスが思っていることを教えてくれて、とっても嬉《うれ》しいのよ？」

身を乗り出したリューディアは、レジェスのつむじに向かって言葉を掛ける。

「あなたは優《やさ》しいけれど、自分の気持ちを後回しにしてしまいそうだもの。こうやって、気になることや不安に思うこととかがあれば、これからも言ってね」

「……私が情けなくないのですか？　そんな物体なんかに嫉妬して」

「むしろ、可愛げがあってとってもいいと思うわ」

リューディアは微笑《ほほえ》み、ぷるぷるをレジェスの前に置いた。

「この子、返しておくわね。……たまにでいいから触らせてくれれば、私は満足よ」

「リュ、リューディア嬢《じょう》……」

そこでようやくレジェスは顔を上げて、ぎこちなく微笑んだ。

「……かしこまりました。では、ええと……また触りたくなったら、言ってください。なんなら特大のものもご用意しますよ」

「まあっ！　もしかして、このテーブルくらい大きいものも作れる？」

「ククク……テーブルと言わず、この部屋を埋《う》め尽《つ》くすくらいのものも作れますとも」

すっかり調子を取り戻《もど》したようで、レジェスは返却《へんきゃく》されたぷるぷるを消してから自慢げに笑った。

（やっぱり私は、レジェスの笑顔《えがお》が好きだわ）

闇《やみ》魔術について得意げに語る婚約者《こんやくしゃ》を、リューディアは限りなく優しいまなざしで見つめながらそう思った。

あとがき

闇《やみ》ワカメこと『私の婚約者《こんやくしや》は、根暗で陰気《いんき》だと言われる闇魔術師です。好き。』を手に取ってくださった皆様《みなさま》、ありがとうございます。作者の瀬尾優梨《せおゆうり》です。

このお話は、『小説家になろう』に投稿《とうこう》しているものです。連載《れんさい》開始前は、「非イケメンヒーローなんて需要《じゆよう》あるのかなぁ、ははは」みたいな気持ちでしたが、予想以上にたくさんの方に読んでいただき、こうして書籍《しよせき》化に至ることができました。応援《おうえん》してくださった皆様に、心からのお礼を申し上げます。

私はどちらかというと、「こういうテーマのお話を書きたい」から「こういう二人を主人公とヒーローにしよう」という流れでストーリーを考えることが多いです。しかし今回はレジェスのビジュアル（顔色の悪いワカメ）が真っ先に思いつき、そこから相方になるリューディアが生まれ、さらにこの二人ならどんなやりとりをするだろう、という順番でお話を書きました。いつもと逆ですね。そのおかげか改稿《かいこう》中も、「この二人なら、こうするはず！」となめらかに考えることができました。押せ押せ主人公にタジタジになるヒーロー、書いていてとっても楽しかったです。

書籍化するにあたりかなりの量を加筆しましたが、本作品の主人公であるリューディアは格好良く、ヒーローのレジェスは可憐《かれん》にいじらしく、ということを常に意識しました。逆ではありません。これで合っています。

いろいろな意味で真逆な二人の恋《こい》模様を応援していただければ、幸いです。


最後に、謝辞を。

イラストを担当してくださった、花宮《はなみや》かなめ様。清潔感のあるワカメのデザインはとても難しかったと思いますが、花宮様のおかげでレジェスが敵キャラではなくヒーローになれました。クール系美女のリューディアも素敵《すてき》に描《か》いてくださり、ありがとうございました。

担当様は、この作品の魅力《みりょく》を最大限引き出してくださいました。打ち合わせでたくさん意見をぶつけ合ったおかげで、最高の形になれたと思います。

書籍化に携《たずさ》わってくださった全《すべ》ての方、そしてリューディアとレジェスの物語を読んでくださった読者の皆様、ありがとうございました。

またどこかで、お会いできることを願って。

瀬尾優梨

「私の婚約者は、根暗で陰気だと言われる闇魔術師です。好き。」の感想をお寄せください。
おたよりのあて先
〒102-8177　東京都千代田区富士見2-13-3
株式会社KADOKAWA　角川ビーンズ文庫編集部気付
「瀬尾優梨」先生・「花宮かなめ」先生
また、編集部へのご意見ご希望は、同じ住所で「ビーンズ文庫編集部」
までお寄せください。

私《わたし》の婚約者《こんやくしゃ》は、根暗《ねくら》で陰気《いんき》だと言《い》われる闇《やみ》魔術師《まじゅつし》です。好《す》き。

瀬尾優梨《せおゆうり》

角川ビーンズ文庫　23401

令和４年11月１日　初版発行

発行者――――山下直久
発　行――――株式会社KADOKAWA
〒102-8177　東京都千代田区富士見2-13-3
電話 0570-002-301（ナビダイヤル）
印刷所――――株式会社暁印刷
製本所――――本間製本株式会社
装幀者――――micro fish

●お問い合わせ
https://www.kadokawa.co.jp/（「お問い合わせ」へお進みください）
※内容によっては、お答えできない場合があります。
※サポートは日本国内のみとさせていただきます。
※Japanese text only

ISBN978-4-04-113123-7 C0193 定価はカバーに表示してあります。　◇◇◇

突然できた弟ナイジェルを父親の『不義の子』と誤解し当たっていた公爵令嬢ウィレミナ。謝れず数年。義弟が護衛騎士になることに!?　憎まれていたわけではなかったけれど、今度は成長した義弟に翻弄されっぱなし!?

●角川ビーンズ文庫●

魔力の少ない落ちこぼれのメラニーは一方的に婚約を破棄され、屋敷の書庫にこもっていた。だが国一番の宮廷魔術師・クインに秘めた才能——古代語が読めることを知られると、彼の婚約者(弟子)として引き取られ!?

●角川ビーンズ文庫●

角川ビーンズ小説大賞
原稿募集中！
君の〝物語〟がここから始まる！
角川ビーンズ小説大賞がパワーアップ！
https://beans.kadokawa.co.jp
詳細は公式サイトでチェック!!!
【一般部門】&【WEBテーマ部門】
賞金 大賞100万円
優秀賞30万円
他副賞
締切 3月31日
発表 9月発表（予定）
イラスト／紫 真依